RECVEIL DES TITRES

concernans l'vnion des Colleges de Boncour & Tournay, au College Royal de Navarre.

Pour l'établissement de la Communauté des Docteurs en Theologie.

Procez Verbal du 31. Aoust 1637.

'A N mil six cent trente-sept, le trente-vniesme & dernier jour d'Aoust, pardeuant Nous Leonor d'Estampes Evesques de Chartres, Conseiller du Roy en ses Conseils d'Estat, & Finances, Hector de Marle sieur de Beaubourg, Conseiller du Roy en sesdits Conseils, & President en son grand Conseil, Loüis Huault sieur de Montmagny, Conseiller esdits Conseils, & en son grand Conseil : Commissaires deputez par le Roy en cette partie, estans en la Salle du College de Boncour, où nous nous serions exprés tranportez en vertu de nostre Commission ; Seroit comparu Me Philippes Gallandius Principal dudit College, par nous mandé. Et aprés lüy auoir fait entendre le sujet de nostre Commission & d'icelle fait faire lecture, luy auons enjoint suiuant icelle, de nous representer la Fondation dudit College, nous dire l'ordre de la Discipline qui s'y fait à present, en quoy consiste le reuenu, & d'où dépend ledit College, de quelle sorte il est pourueu, combien il y a de Boursiers audit College, & quelle exercice il y a à present, s'il y a Pensionnaires, & par quelles personnes les logemens sont occupez, l'estat des Fondations, & des Dotateurs.

Par ledit Gallandius a esté dit, pour satisfaire à ce que dessus, Qu'il n'a presentement les Titres de fondation entre ses mains, & nous a requis delay pour les retirer de ceux ausquels ils les a con-

A

ferez, & que dans Samedy prochain, il offre nous les reprefenter à pareille heure ; & que cette année prefente, il y a eu exercice de Logique, & Phyfique feulement : dont ont efté Regens les
fieurs de Roux, & Dabori, & qu'il n'y a point eu d'autres exercices cette année audit College. Pour ce qui eft du reuenu dudit
College, qu'il n'y en a point d'autre que le reuenu des Boutiques
deuant ledit College, qu'il a fait baftir fur le fond dudit College,
& du loüage des Chambres ; & que outre il y a deux cens liures
de rente en fond, de ce qui eft affecté aux Bourfiers, lefquels
ne font à prefent audit College, & doiuent eftre huit en nombre : Et cent cinquante liures de rente fur l'Hoftel de cette Ville, que Maiftre Pierre Galland a donné pour l'entretien de deux
Bourfiers, à la charge que lefdits Bourfiers ne demeurans audit
College, le reuenu en demeure au Principal ; qu'il eft pourueu dudit College par les Abbez de S. Eloy lés Arras, & de S. Bertin,
dans la Ville de S. Omer, fur la refignation de Maiftre Iean Galland fon oncle, dernier paifible poffeffeur ; qu'il y a dix ou douze
Penfionnaires, & que le refte des chambres eft occupé par d'autres Efcoliers qui vont à l'exercice aux autres Colleges : Pour l'é-
tat des Fondations, qu'il en feroit apparoir au temps par luy cy-
deffus requis.

Sur quoy nous Commiffaires fufdits auons donné acte audit
Gallandius de fes dires & déclarations, & de fon confentement
aurions continué l'affignation à Samedy, deux heures de releuée,
en ce lieu, auquel temps luy auons enjoint de fe trouuer, & de
nous reprèfenter l'eftat du reuenu, & fondations, & enfeignemens,
ce qu'il a promis faire, & a requis acte, que les prefentes declarations qu'il nous vient de faire ne luy puiffent nuire ny prejudicier.
Signé, GALLAND.

Du 5. Septembre 1637.

Et aduenant le Samedy 5. jour de Septembre deux heures de
releuée : Nous Commiffaires fufdits, nous ferions derechef tranfportez audit College de Boncour, où eftans, aurions mandé Maître Philippes Gallandius, Principal dudit College, auquel fuiuant noftre precedente Ordonnance & foubmiffions par luy faites,
aurions enjoint de nous reprefenter les Titres & Fondations dudit
College, l'eftat du reuenu d'iceluy, & les prouifions en vertu defquelles il joüit : Enfemble les Comptes des années precedentes.

Par ledit Gallandius a efté dit, Que pour l'eftat dudit College, dont par noſtre Commiſſion eſt dit que viſitation ſera faite, il eſt en telle reparation qu'il n'y en reſte point à faire, ainſi qu'il eſt viſible : Mais que tout l'enclos n'eſt pas ce qui eſt de la fondation du College fait par Pierre de Becourt, qu'il n'y a ſeulement de ladite fondation que le logement qui eſt du coſté de main gauche en entrant par la grande porte dudit College. Que le grand loge-ment où nous ſommes, couuert d'ardoiſe, & l'Egliſe dudit College, tous les corps de logis qui ſont à coſté de main droicte de la grande porte ; la maiſon où loge le ſieur Meſnigaud & autres Preſtres Ir-landois, les Iardins & quaſi toute la grande Cour, ſont acquiſi-tions particulieres faites par ſes predeceſſeurs, qui luy appartien-nent pour leur auoir ſuccedé, ne ſont point du corps du College, ny ne compoſent point le reuenu des fondations d'iceluy. Que leſ-dites fondations conſiſtent en deux ſeulement: Sçauoir, La pre-miere faite par ledit Pierre de Becourt en quelques Dixmes ſur le Village d'Hame, & autres circonuoiſins dans l'Artois, leſquelles le plus haut qu'elles ont eſté affermées, tant par le predeceſſeur du-dit Galland que par luy, n'eſt que de 200. liu. par an , dont à pre-ſent à cauſe de la guerre l'on ne reçoit rien. Et pour l'autre fon-dation, elle a eſté faite par feu Maiſtre Pierre Galland, & conſiſte en 125. liu. de rente ſur l'Hoſtel de cette Ville: Et en ce qui eſt des com-ptes, il n'y en a iamais eu ; parce que par ſepmaines on a diſtribué aux Bourſiers ce qui leur eſt ordoné, & dont on a receu quittan-ce, & n'y a point de Procureur audit College. Et au regard de la repreſentation des Titres, nous a ſupplicz luy pouruoir d'vn delay competent pour les retirer des mains des Aduocats, Procureurs & auttes perſonnes, és mains deſquels pour le ſouſtien des procez, les Auteurs & luy ont eſté neceſſitez les mettre, declarant qu'au fur & à meſure qu'il les pourra recouurer, il mettra des copies colla-tionnées par des Notaires entre les mains de Nous, ou de qui il nous plaira commettre : Et neantmoins dés à preſent nous a re-preſenté & mis en nos mains des copies collationnées de la pre-miere fondation, faite par ledit ſieur Becourt le douzieſme Sep-tembre 1353.

Item , Copie collationnée par Notaires, d'vn marché fait par feu Maiſtre Pierre Galland auec Loüis Meuſnier Maiſtre Ma-çon le premier May 1543. pour la conſtruction d'vn corps d'hoſtel dans ledit College.

Item , auſſi Copie collationnée d'vn autre Contract & mar-

ché fait entre ledit sieur Galland & Meusnier, pour la constru-
ction de la Chappelle , datté du huit Nouembre 1543.

Item , d'vn autre Contract & marché fait entre iceluy Galland
& Iacques Marchand Couureur , pour la couuerture de ladite
Chappelle , qui a esté bastie dans le fonds dudit Gallandius.

Item, deux Copies d'adjudications non signées, par decret ,
l'vne d'vne partie de maison & Iardin , sous le nom d'vn nommé
Soliueau , qui en fit declaration au profit de feu Maistre Iean Galland , en datte du dernier Mars 1597. L'autre d'vne autre partie de
Maison & Iardin acquise sous le nom d'vn nommé de Blaye, datté
du dix-neufiesme Février 1603. Et pour le surplus, satisfera à son
possible dans le delay competant qu'il nous plaira luy donner.

Sur quoy nous Commissaires susdits, auons donné acte audit
Gallandius de ses dires & declarations , & representations des Titres cy-dessus mentionnez , lesquels sont demeurez entre les mains
de nostre Greffier : Et pour le surplus, ordonné qu'il y satisfera
dans la fin du mois pour toute prefixion & delay ; & cependant
qu'il sera par Nous presentement procedé à la visite des lieux dudit College, ainsi qu'il est porté par nostre dite Commission. Et
à l'instant nous serions descendus en la cour dudit College, où
ledit Galland se seroit excusé de nous suiure, à cause de son indis-
position ; & aurions reconnu y auoir à la main gauche entrant par
la grande porte d'iceluy , vn corps de Logis enuiron de 20. toises,
fort caduque , derriere lequel il y a vne petite Ruelle , & au delà
d'icelle vn Iardin auec vn corps de Logis qui a son entrée par la ruë,
au dessous duquel corps de Logis estoient anciennement les Classes
lors qu'il y auoit exercice , lesquelles nous auons trouuées estre
remplies de Tonneaux , & au dessus deux estages de Chambres
quarrées , & vne en galletas, ledit corps de Logis estant vieil &
caduque , & en peril eminent, au bout duquel corps de Logis
sont trois Appentifs seruant d'Aisement audit College, & au bout
d'iceux vn corps de Logis bas d'enuiron 8. à 9. toises, qui a seruy
autrefois de Classe audit College, loüé à vn Imprimeur, auquel
on a baillé sortie par vne ruelle qui est entre Navarre & Boncour,
& y a enuiron 20. toises de distance, depuis le bout dudit vieux
corps de Logis , & Iardin , jusques au bout de la Cour, où est le
Logis où presentement logent les Prestres Hibernois ; lequel Logis desdits Hibernois, est de sept toises enuiron, & quatre estages,
compris le galletas , & vn petit Iardin , & Cour, de la longueur

de ladite maiſon, ayant 8. toiſes & demie de large enuiron, ayant
ledit Logis auſſi ſon entrée par la ſuſdite ruë, entre ledit College,
& celuy de Navarre : Dans laquelle ruë eſtant ſortis, joignant le
ſuſdit Logis deſdits Hibernois, aurions trouué encore vn petit
Logis ou loge vn Imprimeur, loüé 200. liures, & celuy où logent
leſdits Hibernois 80. eſcus, & celuy d'audeſſus où eſt logé vn Imprimeur 100. liu. & celuy qui a ſon entrée par la rue où eſt la grande porte du College, auec le Iardin cy-deſſus 300. liures, au bout
duquel Logis deſdits Imprimeurs, il y a vne autre maiſon qui n'appartient point au ſieur Galland, au bout de laquelle il y a vne autre
maiſon des dépendances dudit College, que ledit Galland a dit
luy appartenir, comme ayant eſté acquiſe par feu Maiſtre Iean Galland ſon oncle, qui n'eſt maintenant loüée, l'vſufruit en ayant eſté
laiſſé par ledit defunct Galland ſa vie durant, à la veufve Gouſſelin.
Et du Iardin de la ſuſdite maiſon ſerions rentrez dans l'vn des Iardins dudit College, planté en bois ; & de là deſcendant dans la
Cour dudit College proche la Chappelle, en laquelle ſerions en-
trez, dans laquelle on nous a dit y auoir eu autresfois Claſſe, & à
coſté de ladite Chappelle il y a vn baſtiment fait en appentis, dans
lequel on a auſſi autrefois fait Claſſe, & à preſent eſt loüé à vn Menuiſier 18. liu. par an, qui y trauaille, & tient ſa Boutique contenant ledit baſtiment enuiron trois toiſes en quarré, ledit appentis eſtant en entrant en la Chappelle à main gauche.
　Et à la main droite de ladite Chappelle y joignant, il y a vne
petite montée pour aller au deſſus d'icelle, qui eſt vn grenier : &
en ſuitte vn grand corps de Logis couuert d'ardoiſes, contenant
enuiron 13. toiſes de longueur, trois eſtages de hauteur quarrez,
& vn en galletas diſtant de ladite Chappelle d'enuiron 5. toiſes &
demie ; & a toute ladite Cour en ce ſens là, trente-ſept toiſes de
largeur, & quarante toiſes de long, ayans pluſieurs Anglois en
icelle, & le grand corps de Logis eſt où demeure ledit Maiſtre Philippe Galland Principal, & autres locataires. Et au bout dudit
corps de Logis, vn autre corps de Logis en retour, d'enuiron 3.
toiſes dans la Cour, au bas duquel loge vn maiſtre ouurier en He-
bene, lequel y trauaille & tient ſa boutique, & au deſſus Maiſtre
Pierre de Montmaur, & autres, & contient ledit corps de Logis outre les 3. toiſes, l'eſpeſſeur du grand corps de Logis cy-deſſus. Et
en ſuitte ſont trois appentis d'enuiron treize toiſes de long, fort
ruineux, où l'on faiſoit autresfois Claſſe ; au bout deſquels appen-

tis il y a vne porte par où on alloit autrefois au College de Tournay, auprés de laquelle porte il y a vn corps de Logis racommodé
de neuf, ayant iſſuë par dedans la ruë, où loge vn nommé la Vigne
qui le loüe enuiron quatre vingt eſcus; & en retournant dans la
cour eſt vn Logis d'enuiron 3. toiſes, qui aduance dans ladite cour,
n'eſtant des dépendances d'iceluy. En ſuitte eſt vn autre corps de
logis double d'enuiron ſix toiſes & demie, au deſſous duquel il y
a eu autresfois vne Claſſe de Philoſophie, & au deſſus deux eſtages quarrez, & vn en galletas, contenant leſdits corps de logis 9.
toiſes de longueur, ſur ſix & demie de large, où demeurent pluſieurs locataires : Et en continuant dudit corps de logis, allant
vers la grande porte juſqu'à icelle, eſt vn autre corps de logis d'enuiron 7. toiſes & demie de long, ſur 4. de large, où demeure
Maiſtre Perrin qui tient des Penſionnaires, à la reſerue d'vne partie du bas, auquel on a donné entrée par la ruë, ledit corps de logis ayant trois eſtages quarrez, & vn galletas, qui eſt loué quatre-
vingt eſcus audit Perin; & y a au deſſus de la porte vn Eſcriteau
en groſſe lettres: Ceans l'on prend Penſionnaires.

Eſtans ſortis à main droite tirant vers le College de Navarre,
il y a vne maiſon & deux boutiques loüées à vn Maçon trois cens
liures, joignant la maiſon dont eſt fait mention cy-deſſus, qui
fait le coin de la ruë, d'entre Navarre & Boncour; & ſortant
dudit College : & du coſté de la porte S. Marceau, vne boutique
& ſallette, loüée cent liu. & attenant icelle, vn autre petit logis loüé à vn Armurier cent cinquante liures, joignant à vne maiſon qui n'eſt dépendante dudit College, dont eſt fait mention
cy-deſſus, qui eſt enclos audit College : & ſous leſdites maiſons & Chappelles ſont pluſieurs grandes caues.

De là nous nous ſerions tranſportez au College de Tournay, joignant le College de Boncour & y eſtans, aurions mandé le Principal dudit College, & ſeroit comparu Maiſtre Iean Alexandre
Preſtre du Dioceſe d'Arras, lequel nous auroit dit eſtre Principal
dudit College, qu'il en eſt en jouiſſance depuis douze ans, par
des prouiſions qu'il a euës du Chancelier de l'Vniuerſité de Paris,
jure deuoluto, par la negligence du ſieur Eveſque de Tournay, Col-
lateur ordinaire dudit College.

Luy auons demandé s'il y auoit quelques exercices audit College, a dit que non, excepté Monſieur Foüet qui a acheué vn
Cours, il y a quatre ou cinq ans, & qu'il n'y en a iamais eu, & que

lors qu'il y auoit exercice au College de Boncour, il y auoit entrée
dans le College de Tournay, où logeoient plusieurs Escoliers.

Luy aurions demandé, en quoy consistoit le reuenu dudit College, a dit en loüage de chambres & maisons dependantes d'iceluy.

Enquis à combien montent tous les loüages des chambres &
maisons dependantes d'iceluy, a dit monter a quelques six cens
liures ou enuiron.

Luy aurions demandé quelles sont les charges & fondations
d'iceluy College, a dit qu'il n'en connoist point d'autres, sinon,
qu'il y doit auoir deux Boursiers, qui ont dix sols par semaine,
lesquels Boursiers sont absens, depuis les guerres, & outre ce,
dit toutes les Festes & Dimanches vne Messe.

Luy auons enjoint de nous representer les Titres & Fondations
dudit College, l'estat du reuenu d'iceluy, & ses Prouisions. a dit
qu'ils ne sont de present en sa possession, & a requis delay de huitaine, & de les representer. Signé, ALEXANDRE.

Sur quoy Nous Commissaires susdits, auons donné acte audit
Iean Alexandre de ses dires & declarations; & ordonné que Samedy prochain à deux heures de releuée, nous nous transporte-
rons en ce lieu, auquel iour & heure, luy auons enjoint de nous
representer tous & vn chacun les Titres & Fondations dudit College, les prouisions en vertu desquelles il joüit, l'estat du reuenu,
ensemble les Comptes de l'administration des années precedentes,
pour du tout ensemble de l'estat des lieux estre par nous dressé
Procez verbal, ainsi qu'il est porté par nostre dite Commission.

Du 12. Septembre 1637.

Et aduenant le jour de Samedy, douziesme desdits mois & an,
Nous Commissaires susdits ferions transportez audit College de
Tournay, où estans aurions mandé ledit Maistre Iean Alexandre,
& suiuant nostre precedente Ordonnance du sixiesme du present
mois, luy aurions enjoint de nous representer les Lettres de pro-
uision, en vertu desquelles il joüit dudit College, les Titres &
Fondations d'iceluy, l'estat du reuenu, & des charges, & generalement tous les Titres qu'il a dependants dudit College.

Et à l'instant seroit apparu ledit Maistre Iean Alexandre, lequel
nous auroit remonstré que pour satisfaire à nos susdites Ordonnances, il nous representoit: premierement, ses Lettres de pro-
uision du Chancelier de l'Vniuersité de Paris, en datte, *Parisijs*

anno Domini 1625. *die* 5. *Aprilis*, de laquelle prouifion il nous auroit baillé copie collationnée, au pied de laquelle eft pareillement copie de fa prife de poffeffion du onziefme iour defdits mois & an, laquelle coppie nous auons retenuë, & à luy rendu les Originaux.

Plus, nous auroit montré deux prouifions du Chancelier de l'Vniuerfité, pour les deux Bourfiers fondez audit College de Tournay, toutes deux dattées, *Parifijs anno Domini* 1625. *die* 19. *Iunij.* l'vne en faueur de Maiftre Pierre du Foffé, Preftre du Diocefe de S. Omer : & l'autre de Pafchal Petit Clerc du Diocefe d'Arras, defquelles prouifions il nous auroit pareillement baillé des copies fignées dudit Alexandre, & luy aurions auffi rendu lefdits Originaux ; depuis lefquelles prouifions il n'y en auroit eu autre pourueu, & font abfentez à caufe des guerres, comme il a dit cy-deffus, finon que depuis cinq ou fix mois, vn nommé Bourry s'eft fait pouruoir d'vne defdites Bourfes, par le Chancelier de l'Vniuerfité, contre lequel ledit Alexandre a procez, à caufe que ledit Bourry n'eft du Diocefe, ny de la qualité requife.

Plus, nous a repréfenté vne copie non fignée, d'vn Concordat fait entre l'Evefque de Tournay, & les Chanoines, en datte de l'an 1295. du Dimanche deuant la Natiuité de la Vierge, faifant mention de la fondation dudit College : a declaré qu'il n'auoit autres Titres anciens d'iceluy, & de fait en l'année 1624. le Recteur & l'Vniuerfité de Paris, apres auoir fait fa vifite audit College, fe feroit plaint au Preuoft de Paris, qu'il auroit trouué tout ledit College en confufion, & que les Titres auoient efté diuertis : Pourquoy il auroit demandé permiffion de faire faifir copie de la fondation entre les mains d'vn particulier ; mais ne fçait ce qui s'eft fait depuis.

Pour ce qui eft du reuenu dudit College, il n'y en a autre que ce qui fe tire du loüage des chambres & boutiques, qui font dans la ruë, & qui font partie dudit College, qu'il nous a dit auoir trouué totalement en ruine, lors qu'il prit poffeffion d'iceluy, & qu'il les auroit fait reftablir en l'eftat qu'ils font de prefent ; mefme auroit fait faire les boutiques qui y font, à fes defpens, & que le tout (ainfi qu'il nous a dit cy-deuant) peut valoir 600. l. ou enuiron : dont il nous a promis bailler eftat par le menu dans huitaine, fur quoy il faut prendre les charges, dont il nous a pareillement promis de bailler eftat dans ledit temps. Enfemble des reparations, & ameliorations qu'il a fait audit College : & pour ce qui

eft

eſt des Comptes, qu'il ne s'en rend point, d'autant que le reuenu luy appartient, les charges deſduites, dont il eſt en poſſeſſion,
& en joüit, comme ont fait ſes predeceſſeurs. Signé, ALEXANDRE.

Sur quoy, Nous Commiſſaires ſuſdits, auons donné acte audit
Alexandre de ſes dires & declarations ; & ordonné que dans huitaine il nous mettra entre nos mains leſdits eſtats, tant du reuenu,
que charges dudit College : Et cependant qu'il ſera par Nous
preſentement dreſſé Procez verbal de l'eſtat dudit College, ainſi
qu'il eſt porté par noſtre dite Commiſſion. Et à l'inſtant ſerions
retournez dans la cour dudit College, laquelle contient dix toiſes
de large, ſur huit à neuf toiſes ou enuiron, eſtant baſtie de trois cô-
tez. Vn grand corps de logis ſur le deuant, dont vne partie eſt
neufue, que ledit Alexandre nous a dit auoir fait bâtir à ſes dépens:
& l'autre partie vieille à main droite en entrant. Vn autre corps de
logis plus bas, reparé en partie, triſte, caduc, & ancien, au bas
duquel demeure vn ouurier en Ebene, tenant ſa boutique, & y
trauaillant. Vn autre derriere auſſi fort ancien & caduc, au bas duquel demeure vn Menuiſier, y tenant ſa boutique, au deſſus de
laquelle il y a quelques petites Chambres, & dans l'vne d'icelles
eſt la Chappelle dudit College, dont les pannes ſont eſtayez ; au
coin duquel corps de logis eſt vne porte entrant dans la petite cour,
où eſt le logis dudit Alexandre : & à coſté gauche en entrant audit
College, vn grand Chantier, ayant ſon iſſuë hors dudit College:
& derriere leſdits lieux vn Iardin tenant aux murailles de la Ville,
de la largeur de tous les baſtimens cy-deſſus.

Du 3. Octobre 1637.

Et aduenant le Samedy 3. Octobre audit an, Nous Commiſſaires ſuſdits, nous ſommes derechef tranſportez audit College de
Boncour, où aurions fait venir Me Michel Villedot, Mc des Oeuures du Roy, & Iuré Maſſon de cette ville de Paris, pour viſiter
vn corps de logis eſtant à main gauche, entrant dans ledit College,
contenant vingt toiſes ou enuiron. Plus vn autre petit logis
eſtant à main droite, du coſté du College de Tournay, attenant
le corps de logis, au bas duquel loge vn Maiſtre ouurier en Ebene.
Plus vn autre appenty attenant la Chappelle du coſté gauche en
entrant en icelle : leſquels corps de logis nous aurions eſté aduertis
menacer ruine, & aurions pareillement demandé Me Philippe Galland Principal dudit College, pour en ſa preſence faire faire ladite

B

viſitation, & preſter le ſerment audit Villedot: & apres que l'on l'auroit cherché, & que ſes domeſtiques nous auroient rapporté qu'il
eſtoit abſent dudit College, & qu'ils ne ſcauoient où il eſtoit ; aurions audit Villedot enjoint de faire en ſa conſcience la viſitation,
& rapport deſdits logis cy-deſſus mentionnez (ce qu'il a promis de
faire) & à cette fin auons de luy pris le ſerment en tel cas requis, &
accoûtumé, & continué l'aſſignation à Lundy prochain, deux heures de releuée, auquel iour & heure auons ordonné que ledit Galland comparoiſtra pardeuant Nous, pour repreſenter tous les Titres & enſeignemens concernans les reuenus & Fondations dudit
College, & enjoint à ſeſdits domeſtiques le faire ſcauoir audit Galland leur Maiſtre, à ce qu'il n'en pretende cauſe d'ignorance.

Et de là, Nous nous ſerions tranſportez au College de Tournay, où eſtans aurions mandé ledit Alexandre, & à luy enjoint ſuiuant noſtre precedente Ordonnance, de nous bailler au vray, l'é-
tat du reuenu en particulier dudit College : Enſemble l'eſtat des
charges ſuiuant noſtredite Ordonnance, du douzieſme du mois
paſsé.

Ledit Alexandre comparant, nous auroit repreſenté vn petit
memoire eſcrit de ſa main, non ſigné, contenant ce qui enſuit.

Monſieur Stapleton Hibernois, tient Chambre pour 18. liures.
Loüis & Thomas Meron, pour   18. liures.
Michel Paul Menuiſier en Ebene, pour   36. liures.
Laurent, Menuiſier, pour 36. l.   Le Raccommodeur de bas, pour
Botine, Boutonniere, pour 12. l.   36. l.
Le Paueur, 12. liu.   Geneviefve, pour   12. liures.
De Marines, 120. l.   Du Cheſne Boutonnier, 24. l.
René Couard, 30. l.   Matthieu, Rauaudeur, 24. liu.
Hugues, Boutonnier 36. l.   Le Boulanger,   50. liures.
Martin Boutte, Cordonnier, 24. l. Du Rouſſeau,   30. liures.
Langlois, Brodeur, pour 18. liu.   Henry, Menuiſier,   30. liu.

Ce qu'il a dit eſtre entierement tout le reuenu dépendant dudit
College ; que dans l'enclos du College il n'y loge aucune femme,
ains dans les Chambres ayans iſſuë par la ruë : Et pour ce qui eſt
des Charges, le College eſt chargé de 8. liu. cinq ſols de cens, enuers l'Abbé de Sainte Geneviefve, à la mouuance duquel il eſt.
Plus il y a deux Bourſiers fondez, qui doiuent auoir chacun 25. l.
par an, leſquels ſe ſont abſentez depuis les mouuemens des guerres,
comme il nous a dit cy-deſſus, & qu'il n'a autres Titres entre les

mains que ceux qu'il nous a reprefentez à la derniere fois, & que lors qu'il en a befoin, il eſt obligé de les faire compulſer à Tournay. Et de fait: pour raiſon du procez qu'il a eu depuis peu au Parlement, pour vne vſurpation contre vn nommé du Clou, cy deuant Portier de la Porte S. Marcel, pour raiſon d'vn Rempart, & deux Tours joignant ledit College, & qui ont eſté données par le Roy Philippe IV. il a eſté obligé d'en faire compulſer vn Titre audit lieu de Tournay, n'en ayant pû rien trouuer à la Chambre des Comptes de cette Ville, & que fi ledit Titre eſtoit entre ſes mains, il nous le reprefenteroit volontiers; & qu'il eſtoit entre les mains de M' l'Huillier d'Orville, Conſeiller en la grand' Chambre, n'agueres decedé. Et a dit de plus, que lors qu'il fut pourueu dudit College, que les lieux eſtoient totalement en ruine, qu'il les a reſtablis en l'eſtat qu'ils font à prefent, & qu'il luy en a couſté plus de douze mil liures qu'il a employé, partie de ſon patrimoine (ainſi qu'il peut juſtifier par les quittances qu'il en peut recouurer) & peut deuoir encores plus de douze cens liures pour les reparations qu'ils a faites depuis peu, dont ſon reuenu eſt ſaiſi. Pour ce qui eſt des quittances des Ouuriers, qu'il ne les peut prefentement reprefenter, pour ne les auoir en ſa poſſeſſion à prefent.

Lecture faite defdites refponſes, a refuſé de figner quelque fommation, & injonction que nous luy auons faite.

Et l'ayant aduerty qu'il auoit obmis de comprendre & faire inferer au fufdit eſtat ou memoire du reuenu dudit College , vn Ieu de Paulme qu'il nous vient de dire eſtre fitué prés la Porte de Saint Marcel, & auoir eſté aliené du Domaine dudit College : nous a dit, qu'il luy fuffifoit d'eſtre inquieté, ſans eſtre cauſe que les autres le foient auſſi.

Lecture faite, a de rechef refuſé de figner, apres l'auoir interpellé de ce faire, & à luy declaré que pour ſon refus nous fignerions ſa refponſe.

Sur quoy Nous Commiſſaires fufdits auons donné acte audit Alexandre de ſes dires & declarations; & ordonné que ſes refponſes par luy prefentement faites, feront par Nous fignées pour ſon refus, & que les baſtimens dudit College de Tournay, feront viſitez par Maiſtre Michel Villedot, Maiſtre general des œuures de Maſſonnerie des baſtimens du Roy, & l'vn des Iurez Maſſons de cette ville de Paris, pour en eſtre par luy dreſſé ſon rapport, & fur le tout y eſtre pourueu, ainſi que de raiſon : Et à cette fin ledit Villedot mandé pardeuant Nous auons de luy pris le ferment, en tel cas requis & accouftumé.

Du 23. Nouembre 1637.

Et aduenant le Lundy 23. iour de Nouembre audit an 1637. Nous Commiffaires fufdits ferions de rechef tranfportez audit College de Boncour, où eftans en la Salle d'iceluy, aurions mandé ledit Maiftre Philippe Gallandius, auquel fuiuant nos precedens Iugemens, & Commiffion, mefme noftre Ordonnance, que luy aurions fait fignifier le 12. de ce mois, luy aurions enjoint de nous reprefenter les Titres concernans le reuenu, & biens appartenans audit College, les Dotations & Fondations d'iceluy, & generalement l'eftat en quoy confiftent les biens & reuenu dudit College, & Charges d'iceluy, luy ayans à cet effet fur fa requifition donné diuers delais.

Par ledit Gallandius a efté dit, que dés le 5. de Septembre dernier, il nous a mis és mains, Copie collationnée aux Orignaux des principaux Titres dudit College, fuiuant l'Inuentaire mentionné en noftre prefent Procez verbal : qu'il a encores autres Titres concernans ledit College, qui ne font en fes mains, ains en celles de fon Procureur de la Cour, & requiert vn delay pour les reprefenter, & fatisfaire à la volonté du Roy, & à noftre Ordonnance : Et que ledit College de Boncour confifte en trois arpens ou enuiron de terre, dont la plus grande partie ont efté acheptez des deniers des predeceffeurs dudit Gallandius, lefquels ont fait baftir & conftruire de leurs deniers les baftimens qui font à prefent dans ledit College, lequel College n'a autre reuenu que les Chambres & lieux d'iceluy, qui feruent pour payer les Regents qui font les Claffes. pour entretenir lefquels logis & baftimens dudit College, il a débourfé plus de trente mil liures.

Que dés le onziefme Aouft dernier, par Lettres Patentes de Sa Majefté, il a baillé la Coadjutorerie dudit College, que Maiftre Claude Blampignon Maiftre és Arts en l'Vniuerfité de Paris, eft fon Coadjuteur fuiuant les Lettres de Sa Majefté, feellées dés le onziefme Septembre dernier; de forte que les affaires ont changé de face : Que ledit Blampignon a intereft à l'affaire. GALLAND.

Luy aurions remonftré que les Titres qu'il nous auoit mis entre les mains font de fort peu de confequence, dont noftre Procez verbal eft chargé ; n'y ayant qu'vne copie collationnée d'vne ancienne fondation dudit College, du 12 Aouſt 1570. Trois marchez de reparations faites és baſtimens dudit College, par deffunt Maiſtre Pierre Galland, & deux copies de decret de quelque portion de maiſon & iardin eſtans au derriere dudit College, de peu de conſequence: l'vn pour la ſomme de 265. liu. & l'autre de 620.l. Et que pour le delay requis, qu'il eſt inutile, apres tous les delais que nous luy auons cy-deuant accordez, & que luy eſtant depuis long-temps Principal dudit College, il a deub faire à l'inſtant de ſa priſe de poſſeſſion, perquiſition de tous les Titres dudit College, en faire inuentaire, & les tenir dans vn coffre, ſuiuant les Statuts de l'Vniuerſité, & Ordonnance du Roy: Qu'il nous doit de plus repreſenter ſes prouiſions, celles des Bourſiers, & l'eſtat particulier du reuenu, & des charges; & que pour les Lettres de Coadjutorerie par luy à nous maintenant repreſentées, ne donnent aucun droit au Coadjuteur, qu'apres ſa mort: & partant qu'il doit ſatisfaire à noſdites Ordonnances.

Ledit Gallandius a perſiſté en ſon Requiſitoire, & nous a mis encores en nos mains la copie d'vn Arreſt de la Cour du ſept Aouſt 1629. donné au profit de l'Vniuerſité de Paris, à l'encontre dudit Gallandius. Item, Copie collationnée d'vne donation faite par Maiſtre Pierre Galland à Maiſtre Guillaume Galland ſon frere, de l'année 1553. ladite Copie collationnée le xi. Septembre: Item, d'vn marché fait par ledit Maiſtre Guillaume Galland, pour bâtir & conſtruire la grande maiſon ſize ruë Clopine, de l'année 1553. Signé, GALLAND.

Sur quoy Nous Commiſſaires ſuſdits, Auons donné acte audit Gallandius de ſes dires & declarations, & ordonné que ſans auoir égard au delay par luy requis, il nous repreſentera Ieudy prochain, deux heures apres midy, en l'Hoſtel dudit Sieur de Chartres, tous & vn chacun les Papiers, Titres, Fondations, & Dotations dudit College; les Inuentaires qui en doiuent auoir eſté faits, l'eſtat au vray du reuenu & charges d'iceluy, & generalement tout ce qui deſpend de l'adminiſtration dudit College, & droits des pretendus Patrons, Fondateurs, & Dotateurs; meſme celle faite par deffunt Maiſtre Pierre Galland : ſes Lettres de prouiſion, celles des pretendus Bourſiers: Autrement, & à faute de ce faire, dans ledit temps, & iceluy paſsé comme dés à preſent & dés lors, & ſans qu'il ſoit beſoin d'autre nouueau jugement; Ordonnons que tous & vn chacun les loyers & reuenu dudit College, ſeront ſaiſis &

arreftez entre les mains des redeuables, deffenfes à eux d'en vuider leurs mains, à peine de payer deux fois : jufques à ce qu'autrement en ait efté ordonné.

Du 26. Nouembre 1637.

Et aduenant le Ieudy 26. iour defdits mois & an, à ladite heure
de deux heures apres midy, Nous Commiffaires fufdits eftans af-
femblez en l'Hoftel dudit Sieur de Chartres, y ferions demeurez
jufques fur les 4. heures du foir, où ledit Galland ne feroit comparu, ny perfonne de fa part ; Aurions donné deffaut, pour le profit d'iceluy, ordonné que fuiuant noftre precedent jugement, tous
& vn chacun les loyers, rentes, & reuenus dudit College, feront
faifis entre les mains des redeuables, & defenfes à eux d'en vuider
leur mains, jufques à ce que par Nous autrement en ait efté ordonné : & qu'à cet effet nous deliureront noftre Ordonnance au
premier Huiffier ou Sergent fur ce requis, pour executer noftre
prefent jugement. Signé, D'E S T A M P E S Evefque de
Chartres.

Lettres Patentes d'vnion des Colleges de Boncour, & Tournay, au College Royal de Navarre.

Du 19. Mars 1638.

LO V I S par la grace de Dieu, Roy de France & de Navarre,
A tous prefens & à venir, S A L V T. La faueur des Eftudes,
& le merite des bonnes Lettres, qui ont meu les Rois nos Predeceffeurs à fonder les Colleges, inftituer les Vniuerfitez, & les do-
ter de Priuileges, & de graces ; nous meuuent auffi à les prote-
ger, maintenir & augmenter ; principalement és chofes qui con-
cernent la Foy, le culte, & la gloire de Dieu. Et c'eft pourquoy,
ayant defiré de croiftre le College de Navarre, de fondation Royale, & y eftablir vne Communauté de Theologiens, à l'imitation
de celle de Sorbonne, fur l'aduis qui nous a cy-deuant efté donné,
de la defchéance, & de l'inutilité des Colleges de Boncour, & Tournay : au premier defquels n'y a exercice que de Logique, & Phyfique, & au dernier n'y en a point du tout : & que les Claffes & autres lieux de l'vn & de l'autre College, contre leur deftination font
conuertis en Sallettes, Chambres & Boutiques, loûées & occupées

par diuerfes familles, d'Imprimeurs, Menuifiers, Armuriers, Maf-
fons & autres ouuriers. Novs auons par nos Lettres Patentes du
29. Decembre 1635. & 28. Iuillet 1637. deputé Commiffaires nos
amez & feaux Confeillers les Sieurs Evefque de Chartres, de
Beaubourg Prefident, & de Montmagny Confeiller en noftre
grand Confeil, pour fe tranfporter fur les lieux, & voir l'eftat,
faire vifiter les baftimens, s'informer des Fondations, Dotations.
reuenus, & charges defdits Colleges, & du tout faire rapport
en noftre Confeil, où l'affaire a efté pleinement veuë, & deliberée,
A CES CAVSES, pour autres bonnes confiderations à ce nous mou-
uans, & de l'aduis de noftre dit Confeil, & de noftre certaine fcien-
ce, plaine puiffance, & authorité Royale : Nous auons annexé,
vny, & incorporé, annexons, vniffons, & incorporons perpetuellement & infeparablement lefdits Colleges de Boncour, & Tournay, auec leurs reuenus, appartenances, & dépendances, à noftredit College de Navarre, pour y eftre eftably vne Communauté
de Docteurs en Theologie, à l'imitation de celle de la Maifon de
Sorbonne. Voulans neantmoins que lefdits Galland & Alexandre,
Principaux defdits Colleges de Boncour, & Tournay, & les Bourfiers fondez en iceux, foient pendant leur vie logez gratuitement
és lieux qui feront aduifez, & payez ; Scauoir, lefdits Bourfiers de
double diftribution de ce qu'il leur eft ordonné par les fondations
defdits Colleges, & lefdits Galland & Alexandre de quartier en
quartier, & par aduance, des fommes qui leur feront auffi ordon-
nées, fans qu'ils puiffent prendre qualité de Principaux defdits
Colleges, les Titres en demeurant efteints, & fupprimez, comme
dés à prefent nous les efteignons & fupprimons. Ordonnons en
outre, qu'aduenant le decez defdits Galland, & Alexandre, lefdites penfions foient reünies audit College de Navarre ; à la refer-
ue de la fomme deux cens liures, que nous auons affectez à la nourriture & entretenement de deux Efcoliers en Theologie, qui demeureront audit College, demeurant au furplus tous les Bourfiers
à la nomination des Patrons, ainfi qu'ils eftoient auant cette vnion:
Toutes les Fondations entretenuës, & lefdits Bourfiers obligez de
faire le Seruice dans l'Eglife de Nauarre, comme il auoit accouftumé d'eftre fait és Chappelles de Boncour, & Tournay. Si donnons en mandement à noftre tres-cher, & feal le Sieur Seguier,
Cheualier, Chancelier de France, que ces prefentes il ait à faire
lire, publier, & regiftrer és Regiftres de noftre grande Chancel-

lerie, le Seau tenant, & le contenu en icelles executer par les Commiſſaires qui feront à ce députez, garder & obſeruer inuiolablement, nonobſtant l'oppoſition par ledit Alexandre, à l'execution de noſdites Lettres de Commiſſion, & toutes autres oppoſitions ou appellations quelconques, faites ou à faire; pour leſquelles ne voulons eſtre differé, & dont nous auons reſerué la connoiſſance en noſtre Conſeil : & icelle interdite à toutes autres Cours, & Iuges : C A R tel eſt noſtre plaiſir. Et afin que ce ſoit choſe ferme & ſtable à toûjours; Nous auons à ceſdites preſentes, fait appoſer noſtre Seel ; ſauf en autre choſe, noſtre droiɛt, & l'autruy en toutes. D o n n e' à Saint Germain en Laye au mois de Mars 1638. Et de noſtre Regne le xxvii. Signé, L O V I S Et ſur le remply, Par le Roy, d e L o m e n i e. *Viſa.* Leuë & publiée, le Seau tenant, de l'Ordonnance de Monſeigneur S e g v i e r, Chevalier, Chancelier de France ; moy Conſeiller du Roy en ſes Conſeils, & grand Audiancier de France preſent, & regiſtrées és Regiſtres de l'Audiance de France ; A Paris, le 19. iour de Mars 1638. Signé, d e C o m b e s. Et ſeellées du grand Seau aux armes du Roy, en cire verte, auec lacs de ſoye rouge & verte.

Lettres Patentes de la Commiſſion.

Du 22. Mars 1638.

L O V I S par la grace de Dieu, Roy de France, & de Navarre : A nos amez & feaux Conſeillers, les Sieurs Eveſque de Chartres, Conſeiller en nos Conſeils, de Beaubourg Conſeiller en noſdits Conſeils, & Preſident en noſtre grand Conſeil, & de Montmagny, Conſeiller en noſtredit grand Conſeil; S a l v t. Par nos Lettres Patentes, en forme de Chartres, du preſent mois de Mars, publiées le Seau tenant, & regiſtrées és Regiſtres de l'Audiance de France, le 19. du meſme mois, cy-attachées, ſous le contre-Scel de noſtre Chancellerie : Nous auons pour les cauſes y contenuës, annexé, vny, & incorporé perpetuellement & inſeparablement, les Colleges de Boncour, & Tournay, auec leurs reuenus, dépendances & appartenances à noſtre College de Navarre de Paris, pour y eſtre eſtably vne Communauté de Doɛteurs en Theologie, à l'imitation de celle de la Maiſon de Sorbonne ; à condition que les Principaux, & les Bourſiers qui ſont à preſent

eſdits

esdits Colleges de Boncour, & Tournay, seront logez gratuitement és lieux qui seront aduisez, & payez de leur pension, & Bourses, & autres charges & conditions portées par lesdites Lettres;
que nous entendons & voulons estre promptement executées. A
CES CAVSES, bien informez de vos qualitez & suffisance: Nous
vous auons commis & deputez, commettons & deputons par ces
presentes, pour proceder à l'execution desdites Lettres; nonobstant tous empeschemens, oppositions ou appellations quelconques, pour lesquelles ne voulons estre differé : & dont si aucunes
interuenoient, nous auons comme deuant, reserué la connoissance en nostre Conseil, & icelle interdite à tous autres Iuges. De ce
faire vous donnons pouuoir, authorité, & commission speciale,
par cesdites presentes: CAR tel est nostre plaisir. DONNE à S.
Germain en Laye le XXII. iour de Mars, l'an de grace 1638. Et de
nostre Regne le XXVIII Signé, LOVIS: Et plus bas, Par le
Roy, DE LOMENIE. Et seellées du grand Seau de cire jaune.

Prise de possession.

Du 23. Mars 1638.

L'AN mil six cens trente-huit, le 23. iour de Mars, Nous
Eleonor d'Estampes Evesque de Chartres, Conseiller du Roy,
en ses Conseils d'Estat & Finances ; Iacques Hector de Marle,
Sieur de Beaubourg, Conseiller esdits Conseils, & President en
son grand Conseil; Louis Huault, Sieur de Montmagny, aussi Conseiller esdits Conseils, & en sondit grand Conseil, Commissaires députez par Sa Majesté en cette partie, en vertu des Lettres Patentes du present mois de Mars, Signées, LOVIS; Et sur le remply, DE
LOMENIE: Et seellées sur lacs de soye: & cire verte: Publiées au
Seau le 19. dudit mois & an, & commission en suitte à Nous adres-
fée, du 22. dudit mois; Nous serions presentez & comparus au College de Boncour, où estans, serions montez au lieu & Chambre où
loge Maistre Philippes Galland, Principal dudit College, pour
luy faire entendre le sujet de nostredite commission. Et apres auoir
long-temps heurté à sa porte, se seroit presenté vne femme, à
laquelle aurions demandé où estoit ledit Galland, qui nous
auroit fait responfe qu'elle n'estoit pas sa Seruante : & que
sa Seruante estoit à la Ville, & sortie dés le matin, laquelle

C

l'auroit enuoyée querir pour garder la maifon en fon abfence, &
croyoit qu'il eftoit allé au Palais. Sur quoy pour l'execution de no-
tredite Commiffion, aurions enuoyé querir Maiftre Nicolas Cornet, grand Maiftre du College de Navarre, Docteur en Theologie, de la Faculté de Paris, lequel fuiuant noftre Mandement feroit venu, affifté de Maiftre Iean Yon, Sebaftien de Saint Martin,
Iacques Helies, Iean Prailly, Michel Tallendier, Iean Labbé, Pierre Guifchard, André le Cochois, Iacques Pigis, Nicolas Dauolé,
Edoüard Thirel, tous Docteurs & Bacheliers en Theologie de la
Communauté de Navarre ; comme auffi pour l'abfence dudi Galland, aurions mandé Maiftre Vallerien Garde, Preftre, Licentié
en Droict Canon, demeurant audit College, Raimond de Roux,
& Richard de Nugent, Regens en Logique & Phyfique dudit College: enfemble le Portier. Aufquels aurions fait entendre ce qui étoit
de la volonté du Roy, par la lecture qu'auons fait defdites Lettres,
& de noftredite Commiffion, dont leur auons laiffé copie. Et à
l'inftant aurions, en prefence defdits Garde, de Roux, & de Nugent, & dudit Portier, mis ledit Cornet en poffeffion réelle & a-
ctuelle dudit College, par l'entrée libre d'iceluy, tradition des
clefs de la grande Porte dudit College, entrée de la Chappelle, &
fon de la cloche d'icelle, entrée & fortie du logis dudit Galland:
Et enjoint à tous ceux qu'auons trouué dans ledit College, d'obeir
audit Cornet, & le reconnoiftre comme leur Chef, & Superieur,
& audit Cornet de fatisfaire entierement au contenu defdites Lettres : & ordonné que defenfes feront faites aux locataires de payer
à autres qu'audit Cornet, & luy laiffer ledit logis libre au iour de
Saint Iean prochain, & defenfes audit Galland, au domicille duquel nous auons pareillement laiffé copie defdites Lettres, par-
lant aux fufnommez, de troubler ledit Cornet en ladite poffeffion.
Signé, Cornet, de Roux, Nugent, & de la Garde. Et delà nous
Commiffaires fufdits, nous ferions tranfportez au College de Tournay, où aurions conduit ledit Cornet, affifté comme deffus, où
eftans aurions demandé Maiftre Iean Alexandre, & auroit efté ré-
pondu par Perrette Froncier fa Seruante, que ledit Alexandre
eftoit abfent. Sur quoy Nous Commiffaires fufdits, pour l'execution defdites Lettres, aurions mis ledit Cornet en poffeffion dudit
College, en luy liurant les clefs de la grande Porte d'iceluy, entrant dans la Chappelle & logis du Principal, auec les injonctions
cy-deffus, tant audit Cornet, audit Alexandre, que autres demeu-

rans audit College, en prefence de Michel Gaultier Iardinier dudit College, & Henry Defbos Menuifier, demeurant en iceluy
College. Ainfi figné en la minutte, D'ESTAMPES, Evefque
de Chartres, Hector de Marle, Huault de Montmagny, Nicolas Cornet, Henry Vauden, Iean Yon, Sebaftien de S. Martin,
Iacques Helies, Iean Prailly, Edoüard Tirel, Iean Labbé, Michel Tallendier, Pierre Guifchard, André le Cochois, Iacques Pigis, Nicolas Davolé.

Breuet du Roy, pour la clofture de la ruë Clopin, adrefsé aux
Treforiers de France.

Du 8. May 1638.

LE ROY ne voulant rien obmettre de ce qu'il pourra apporter
de la commodité & facilité au deffein & entreprife de l'vnion
des Colleges de Boncour, & Tournay, à celuy de Navarre, qu'elle a ordonné par fes Lettres Patentes du mois de Mars dernier,
eftre faite en vn feul corps de College, & tout d'vn tenant, fans
qu'il y ait rien qui en fepare les edifices, & qui puiffe empefcher la
communication des vns & des autres : Et eftant Sa Majefté aduertie
qu'il fe trouue vne petite ruë entre lefdits Colleges de Navarre &
celuy de Boncour, qui les fepare, appellée la ruë Clopin, contenant enuiron 64. toifes de longueur, fur 8. pieds de largeur a vn
bout, & feize à l'autre, qui font douze pieds de large, le fort rapporté au foible; laquelle elle defire eftre enfermée dans lefdits Col.
leges : attendu que le public n'en reçoit que fort peu, ou point de
commodité, & que toutes les maifons qui ont leur ouuerture dans
icelle, font des appartenances defdits Colleges vnis. Sadite Majefté en fuitte & en confequence de ce qui a déja efté fait pour
ladite vnion, en vertu defdites Lettres Patentes, de la commiffion
expediée au Sieur Evefque de Chartres, & aux Sieurs de
Beaubourg, & de Montmagny, & du jugement par eux fur
ce rendu : A ordonné & ordonne aux Prefidens & Treforiers
de France, au Bureau des Finances, eftably à Paris, de commettre & deputer quelques vns d'entre eux, pour fe tranfporter au
pluftoft fur lefdits lieux; voir & vifiter ladite ruë, informer de la
commodité ou incommodité de la clofture d'icelle, & de tout ce
qui en dépend : & de tout dreffer Procez verbal, auec leur aduis,

qu'ils mettront és mains de Monſieur le Chancelier, afin d'en eſtre
apres par icelle Sa Majeſté, ordonné ce que de raiſon. Fait à Chan-
tilly le 8. iour de May 1638. Signé, L O V I S : Et au bas, D E
L O M E N I E.

Extraiᴄt des Regiſtres du Conſeil Priué du Roy.

Du 20. Aouſt 1638.

SVr ce qui a eſté repreſenté au Roy en ſon Conſeil : Qu'en execution de ſes Lettres Patentes, par leſquelles le College de Boncour eſt vny au College de Navarre, du mois de Mars dernier, publiées au Seau le 19. deſdits mois & an ; Les Sieurs Eveſque de
Chartres, Conſeiller en ſes Conſeils d'Eſtat, & Finances, de Beaubourg, Conſeiller en ſeſdits Conſeils, Preſident en ſon grand
Conſeil, & de Montmagny Conſeiller en ſondit grand Conſeil, en
vertu de la commiſſion à eux adreſſante, du 22. deſdits mois & an,
auroient mis en poſſeſſion dudit College Maiſtre Nicolas Cornet,
grand Maiſtre du College de Navarre, auec injonction de ſatisfaire aux clauſes & conditions portées par leſdites Lettres : Et defenſes à Maiſtre Philippes Galland, cy-deuant Principal dudit College, de le troubler. Et d'autant que par leſdites Lettres Sa
Majeſté ordonne ledit Galland auoir logement, & penſion, ſa vie
durant, à prendre ſur les reuenus d'iceluy College, à quoy n'eſtant
point encore pourueu, il s'ingere, au prejudice deſdites Lettres,
& contre les defenſes à luy faites par leſdits ſieurs Commiſſaires, de
vouloir receuoir les loyers des maiſons dépendantes dudit College de Boncour, à quoy eſtoit neceſſaire de pouruoir. V E V par le
Roy leſdites Lettres, Procez verbal deſdits ſieurs Commiſſaires,
contenant la miſe en poſſeſſion dudit Cornet grand Maiſtre dudit
College de Navarre, dudit College de Boncour. Autre Procez
verbal deſdits ſieurs Commiſſaires, côtenant l'affirmation & repreſentation des quittances par les locataires des maiſons, & chambres
dépendantes dudit College de Boncour. Copie de fondation d'i-
celuy du 12. Septembre 1353. Acte de demiſſion par ledit Galland
de ladite Principauté de Boncour, entre les mains de Monſieur le
Cardinal-Duc de Richelieu, pour en diſpoſer ainſi que ledit Sieur
Cardinal-Duc, aduiſera bon eſtre ; du cinquieſme Avril dernier,
Et tout conſideré. L E R O Y E N S O N C O N S E I L a

ordonné & ordonne, par maniere de prouifion , & iufques à ce
qu'autrement en ait efté ordonné ; Que ledit Galland ioüira du logement qu'il occupe à prefent ; & outre fera payé de la fomme de
700. liures de penfion par chacun an , fa vie durant, par ledit grand
Maiftre de Navarre , de quartier en quartier , & par aduance, fran-
che & quitte de toutes charges. A fait & fait inhibitions & defenfes audit Galland, de plus à l'aduenir prendre la qualité de Principal
dudit College de Boncour, ny de pourfuiure les locataire & redeuables d'iceluy. Ordonne que tous les locataires des maifon, chambres, & places dudit College, payeront ce qui fe trouuera par eux
deub audit Cornet, depuis fa prife de poffeffion, à quoy faire, ils
y feront contraints par toutes voyes deuës & raifonnables : Quoy
faifant, ils en demeureront bien & valablement quittes, & déchargez ; Et defenfes à eux de payer à autre , à peine de payer deux
fois. Et auparauant faire droit fur les reparations & meliorations
pretenduës faites par ledit Galland ; A ordonné & ordonne, qu'il
en baillera eftat dans quinzaine, pardeuant les Commiffaires cy-
deuant deputez par Sa Maiefté, pour la reunion dudit College, auec
les pieces iuftificatiues d'icelles, pardeuant lefquels , dans ledit
temps, reprefentera les comptes & employ du reuenu dudit College des années precedentes, & remettra tous & vn chacun les papiers qu'il a, concernant le reuenu d'iceluy, & fe purgera par ferment, que par dol & fraude, il n'a delaiffé d'en auoir, pour le tout
fait & rapporté, y eftre fait droit ainfi que de raifon. Fait au Confeil Priué du Roy, tenu à Paris, le xx. iour d'Aouft 1638. Signé,
CARRE', auec Paraphe.

Extraict des Regiftres du Confeil Priué du Roy.

Du 20. Aouft 1638.

SVr ce qui a efté reprefenté au Roy en fon Confeil , qu'en
execution de fes Lettres Patentes, par lefquelles le College de
Tournay eft vny au College de Navarre , du mois de Mars dernier, publiées au Seau le 19. Mars defdits mois & an , les Sieurs
Evefque de Chartres , Confeiller en fes Confeils d'Eftat & Finances, de Beaubourg, Confeiller en fefdits Confeils , & Prefident en
fon grand Confeil, & de Montmagny Confeiller en fondit grand
Confeil, en vertu de la Commiffion à eux adreffante du 22. defdits.

mois & an , auroient mis en poſſeſſion dudit College MaiſtreNico-
las Cornet ,grand Maiſtre du College de Navarre, auec inionⱦion
de ſatisfaire aux clauſes & conditions portées par leſdites Lettres,&
defenſes à Maiſtre Iean Alexandre, cy-deuant Principal duditCol-
lege, de le troubler. Et d'autant que par leſdites Lettres Sa Maieſté
ordonne ledit Alexandre auoir logement & penſion ſa vie durant,
à prendre ſur les reuenus d'iceluy College, à quoy n'eſtant point encores pourueu, il s'ingere au preiudice deſdites Lettres, & contre
les defenſes à luy faites par leſd. Sᵗˢ Commiſſaires,de vouloir receuoir les loyers des maiſons dépendantes dudit College deTournay,
à quoy eſtoit neceſſaire de pouruoir. V ᴇ ᴠ par leRoy leſdites Lettres, Procez verbal deſdits Sieurs Commiſſaires, contenant la miſe en poſſeſſion dudit Cornet, grand Maiſtre dudit College de Navarre , dudit College de Tournay. Autre Procez verbal deſdits
ſieurs Commiſſaires, contenant l'affirmation & repreſentation des
quittances par les locataires des maiſons & chambres dépendantes
dudit College de Tournay. Aⱦe de ſignification fait à la requeſte
dudit Alexandre , par lequel il declare audit grand Maiſtre de Navarre qu'il s'oppoſe à la poſſeſſion par luy priſe dudit College de
Tournay, iuſques à ce qu'il ait eſté rembourſé des reparations , &
meliorations par luy faites aux maiſons& baſtimens duditTournay;
Et outre qu'il luy ait eſté pourueu de logement, & que la penſion
à luy reſeruée par leſdites Lettres,luy ait eſté reglée & aſſignée, du
24. Mars dernier. Extraiⱦ d'vne Sentence renduë entre l'Eveſque
de Tournay,& l'Archidiacre, & Chanoines du meſme lieu,du Dimanche auant la Natiuité de la Vierge , de l'an 1295. Tout conſi-
ré. LE ROY EN SON CONSEIL , A ordonné & or-
donne , par maniere de prouiſion, & iuſques à ce qu'autrement en
ait eſté ordonné:Que ledit Alexandre ioüira du logement qu'il occupe à preſent : & outre , ſera payé de la ſomme de 300. liures de
penſion par chacun an ſa vie durant, par ledit grand Maiſtre du
College de Navarre, de quartier en quartier, & par aduance, fran-
che & quitte de toutes charges : A fait, & fait inhibitions & defenſes audit Alexandre de plus à l'aduenir prendre la qualité de
Principal dudit College de Tournay, ny de pourſuiure les locataires, & redeuables d'iceluy. Ordonne que tous leſdits locataires
des maiſons , chambres, & places dudit College, payeront ce qui
ſe trouuera par eux deub , audit Cornet, depuis ſa priſe de poſſeſſion, à quoy faire ils y ſeront contrains par toutes voyes deuës

& raifonnables:quoy faifant,ils en demeureröt bien &valablement
defchargez, & defenfes à eux de payer à autres, à peine de payer
deux fois: Et auparauant faire droit fur les reparations, & meliorations pretenduës faites par ledit Alexandre, a ordonné &ordonne,
qu'il en bailléra eftat dans quinzaine, pardeuant les Commiffaires
cy-deuant deputez par Sa Majefté, pour la reunion dudit College,
auec les pieces iuftificatiues d'icelles, pardeuant lefquels, dans ledit
temps, reprefentera les comptes, & employ du reuenu dudit College, des années precedentes, & remettra tous & vn chacun les
Papiers qu'il a concernants le reuenu d'iceluy, & fe purgera par ferment, que par dol & fraude il n'a delaiffé d'en auoir, pour le tout
fait & rapporté, y eftre fait droit, ainfi que de raifon. FAIT au
Confeil priué du Roy, tenu à Paris le xx. iour d'Aouft 1638. Signé,
CARRE'. Auec Paraphe,

Aduis des Treforiers de France, pour la clofture des ruës.

Du 7. Septembre 1638.

LEs Prefident, Treforiers de France Generaux des Finances,
& grands Voyers en la Generalité de Paris. Sur la Requefte
à nous prefentée par les Grand Maiftre, Prouifeur, Principaux &
Bourfiers du College de Champagne, dit de Navarre, expofitiue
que le Roy par fes Lettres Patentes du mois de Mars dernier, auroit ordonné, & permis la reunion eftre faite en vn feul corps de
College, des Colleges de Boncour, & Tournay, à celuy de Navarre. Et d'autant qu'il fe trouue vne petite ruë entre lefdits Colleges de Navarre, & Boncour, qui les fepare, appellée la ruë Clopin, contenant enuiron 64. toifes de longueur, fur deux toifes de
largeur, où le public ne paffé, & dont il ne reçoit que fort peu, ou
point de commodité, pour n'y auoir aucunes maifons qui y ayent ouuerture, finon celles qui dépendent defdits Colleges, Sa Majefté
par fon Ordonnance du 8. May dern. auroit ordonné qu'en prefence de l'vn de Nous, les lieux feroient veus, & vifitez, & informé de
la commodité ou incommodité, qu'apporteroit la clofture de ladite ruë, pour ce fait, luy eftre donné tel aduis que de raifon : Requeroient qu'il nous pluft commettre l'vn de nous aux fins de ladite Ordonnannce, comme plus au long le contient ladite Requefte:
Noftre Ordonnance au bas d'icelle du cinquiefme Iuillet enfui-

uant, par laquelle les Sieurs Santeüil & Hardy, deux de nous,
auroient esté commis, pour, assistez du Procureur du Roy en ce
Bureau, lesdits lieux veus, & visitez par le Maistre des Oeuures
en Massonnerie des bastimens de Sa Majesté, les proches voisins
presens, où deuëment appellez, dont seroit dressé Procez verbal,
Rapport, Plan, & Figure, pour iceux veus, ordonner ce qu'il ap-
partiendroit. Trois Ordonnances desdits Sieurs Commissaires,
pour faire appeller tant Michel Villedot, Maistre des Oeuures de
Massonnerie, que les proprietaires, & locataires de ladite ruë Clopin, & autres voisins d'icelle, pour estre presens à ladite visitation.
Le Procez verbal desdits Sieurs Commissaires du 17. dudit mois
de Iuillet, an present, & autres iours suiuants, contenant la visitation par eux faite de ladite ruë Clopin. Ensemble les oppositions formées, tant par les Doyen, Chanoines, & Chapitre de
Nostre - Dame de Paris, eux disans Seigneurs hauts Iusticiers, &
censiers des ruës d'Arras ; Trauersine, & autres ; mesme de ladite ruë Clopin. Les Abbé, Religieux, & Conuent de l'Abbaye
Sainte Geneviefve au Mont de Paris, aussi pretendans la haute
Iustice, & Voirie esdites ruës : & encores comme proprietaires
d'vne maison size ruë Bordelle, au coin de ladite ruë Clopin.
Maistre Iean Alexandre Principal du College de Tournay, que
par la plus part des proprietaires, & locataires des maisons d'icelle ruë Clopin, & autres y adjacentes : causes & moyens desdits
opposans communiquées de nostre Ordonnance ausdits grand
Maistre, Prouiseur, & Boursiers de Navarre, auec leurs respon-
ses à icelles, contenant leur offres d'achepter la maison des nommez Villery, & du Fresne, size en ladite ruë Clopin, où pend
pour Enseigne l'Image Saint Iean ; les autres sizes en ladite ruë,
dépendantes desdits Colleges de Navarre & Boncour; Ensemble de
dédommager Martine Guerin vsufruitiere, sa vie durant, d'vne
maison appartenante audit College de Boncour, size au bout de
ladite ruë Clopin, en luy donnant l'vsufruit d'vne autre maison dé-
pendante dudit College, size ruë Bordelle, plus commode & plus
proche de l'Eglise S. Estienne sa Parroisse : Comme aussi de dédommager lesdits Abbé, & Religieux de Sainte Geneviefve, à
cause de l'égoust d'vne de leur maisons, size en ladite ruë Bordelle, faisant le coin de ladite ruë Clopin. Le rapport de visitation &
plan des lieux dressé par ledit Villedot Maistre des œuures de Massonnerie. Veu aussi lesdites Lettres Patentes du Roy, données à
Saint

S. Germain en Laye au mois de Mars 1638. Signées, LOVIS: Et fur le remply : Par le Roy, DE LOMENIE, & feellées. Par lefquel-les Sa Majefté a annexé, vny, & incorporé lefdits Colleges de Bon-cour, & Tournay, leurs appartenances & dépendances à celuy de Navarre : L'Ordonnance de Sadite Majefté dudit iour 8. May en-fuiuant : Conclufions du Procureur du Roy, auquel le tout a efté communiqué : Ouy le Rapport defdits Sieurs Commiffaires, & tout confideré.

Noftre aduis eft fous le bon plaifir du Roy, & Noffeigneurs de fon Confeil : Que Sa Majefté peut (s'il luy plaift) permettre auf-dits grand Maiftre, Prouifeur, Principaux, & Bourfiers du Colle-de Navarre, de fermer & clore ladite ruë Clopin en la longueur de 64. toifes : comme auffi de clore la ruë du bon Puits, à l'extremité des maifons dudit College du grand & petit Navarre, ainfi qu'il eft défigné par le plan dudit Maiftre des œuures de maffonnerie, afin d'vnir lefdits Colleges de Boncour, & Tournay à celuy de Navarre, fans que ladite clofture puiffe apporter beaucoup d'in-commodité au public; à la charge de dédommager les Principaux & Bourfiers defdits Colleges de Boncour, & Tournay. Enfemble d'indemnifer, fuiuant leur offres, les Seigneurs hauts-Iufticiers, & Cenfiers qui ont droict de Iuftice, & Cenfiue efdites ruës Clopin, & du bon Puits, pour le droict d'amortiffement ; comme auffi d'acheter de gré à gré defdits Villery, & du Frefne la maifon à eux appartenante fize en ladite ruë Clopin ; finon, au dire de gens à ce connoiffans, dont les parties conuiendront pardeuant deux de Nous, & de bailler à ladite Guerin, au lieu de la maifon dont elle ioüit fa vie durant, fize au bout de ladite ruë Clopin, dé-pendante dudit College de Boncour, vne autre maifon plus com-mode pour en ioüir audit titre d'vfufruit, dont les parties conuien-dront pareillement. De conferuer aufdits Abbé, & Religieux de Sainte Geneviefve, le dégagement de l'efgouft de la maifon auffi à eux appartenant fize ruë Bordelle au coin de ladite ruë Clopin, & outre que les proprietaires, & locataires des maifons fizes ès ruës d'Arras, du bon Puits, Trauerfine, & autres des enuirons, pou-ront aller à l'eau au puits du petit Navarre, fans empefchement, fi mieux n'ayment lefdits grand Maiftre, Prouifeur, Principaux & Bourfiers dudit College de Navarre, donner vn autre puits au pu-blic, au lieu qui fera trouué plus commmode aufdites ruës, qui fera fait & parfait à leurs frais & dépens, auant que pouuoir fermer lef-

D

dites ruë Clopin , & du bon Puits. Fait au Bureau des Finances , à Paris le 7. iour de Septembre 1638. Signé, Le Febvre , de Bugnons, Fornier, Ridel, Santeüil , le Roux , Chahu , Hardy. Et plus bas par mefdits Sieurs , DE FENIL

Lettres Patentes portans permiſſion de clore les Ruës,

Du mois d'Avril 1639.

LOVIS par la grace de Dieu , Roy de France & de Navarre; A tous prefens & à venir , SAIVT. Par nos Lettres Paten-tes en forme de Chartres du mois de Mars 1638. & pour les raifons & confiderations à plein mētionnées en icelle: Nous auons annexé vny , & incorporé les Colleges de Boncour & Tournay, auec leur reuenus , appartenances & dépendances, à noftre College de Na-varre, fondé en noftre ville de Paris, pour y eftre eftablie vne Com-munauté de Docteurs en Theologie, à l'imitation de celle de Sor-bonne. Et comme pour la plus grande commodité de cette vnion & eftabliffement, il a efté jugé à propos d'enfermer & enclore dans lefdits Colleges vne petite ruë qui les fepare , appellée la ruë Clo-pin , contenant enuiron 64. toifes de longueur , fur huit pieds de largeur par vn bout, & feize à l'autre : Nous aurions renuoyé l'af-faire à nos amez & feaux Confeillers, les Prefident , & Treforiers, Generaux de France à Paris, pour nous donner aduis de la commo-dité ou incommodité de ladite cloſture : lefquels apres auoir fait faire defcente fur les lieux par deux de leur confreres, affiftez de noftre Procureur en leur Bureau, & du Maiſtre des œuures de maf-fonnerie, & leur rapport ouy audit Bureau, auroient efté d'aduis, fous noftre bon plaifir, que nous pouuions permettre au Grand Maiſtre, Prouifeur, Principaux & Bourfiers de noftredit Colle-ge de Navarre, de fermer & clore ladite ruë Clopin en la longueur de 64. toifes ; comme auffi de clore la ruë du bon Puits , à l'extre-mité des maifons du grand & petit Navarre , ainfi que le tout eft défigné par le plan dudit Maiſtre des œuures de maffonnerie , afin d'vnir lefdits Colleges de Boncour, & de Tournay à celuy de Na-varre , fans que ladite cloſture puiſſe apporter beaucoup d'incom-modité au public , aux charges & conditions toutesfois portées par ledit aduis. A CES CAVSES, defirans fauorifer en tout ce qui fe pourra l'vnion des fufdits Colleges, comme chofe quieft pour

tourner à la plus grande gloire de Dieu, & à l'vtilité publique. Et
apres auoir fait voir à noſtre Conſeil le ſuſdit aduis, & autres pieces
cy-attachées auec iceluy, ſous le contreſéel de noſtre Chancellerie: De l'aduis d'iceluy, & de noſtre propre mouuement, pleine puiſ-
ſance & autorité Royalle : Nous auons conformément au ſuſdit
aduis, permis, accordé & octroyé, permettons, accordons & octroy-
ons par ces Preſentes, ſignées de noſtre main, auſdits Grand Mᵉ,
Prouiſeur, Principaux, & Bourſiers de noſtredit College de Navarre, de faire fermer & clore ladite ruë Clopin en la longueur de
64, toiſes, comme auſſi de clore la ſuſdite ruë du bon puits à l'extremité dudit Collège du grand & petit Navarre, ſelon & ainſi
qu'il eſt deſigné par le plan dudit Maiſtre des œuures de maſſonnerie, pour vnir & joindre par ce moyen leſdits Colleges de Boncour
& Tournay à celuy de Navarre : & à cette fin, auons entant que
beſoin eſt, ou ſeroit, vny & annexé, comme nous vniſſons & annexons par ceſdites preſentes aud. College de Navarre, lad. ruë Clopin
ſans qu'à l'aduenir elle en puiſſe eſtre diſtraite, ny ſeparée, pour
quelque cauſe & occaſion que ce ſoit, à la charge d'indemniſer par
leſdits grand Maiſtre, Prouiſeur, Principaux & Bourſiers dudit
College de Navarre, ſelon leurs offres, les Sieurs hauts Iuſticiers &
cenſiers qui ont droict de Iuſtice & cenſiues eſdites ruës Clopin, &
du bon Puits, pour le droict d'admortiſſement : Comme auſſi d'a-
cheter de gré à gré des nommez Villery, & du Freſne, la maiſon
à eux appartenante, ſize en ladite ruë Clopin, au dire de gens à
ce connoiſſans, dont les parties conuiendront pardeuant leſdits
Treſoriers de France, ou deux d'entr'eux; & de bailler à la nom-
mée Martine Guerin, au lieu de la maiſon dont elle ioüit ſa vie durant, ſize au bout de ladite ruë Clopin, dependant dudit College de
Boncour, vne autre maiſon plus commode pour en ioüir par elle
audit ritre d'vſufruit, dont leſdites parties conuiendront, comme
dit eſt cy-deſſus : En outre de conſeruer aux Abbé, & Religieux de
Sainte Genevieſve le dégagement de l'eſgouſt de la maiſon à eux
appartenante, ſize ruë Bordelle, au coin de ladite ruë Clopin: que
les proprietaires & locataires des maiſons ſizes és rues d'Arras, du
bon Puits, Traverſine, & autres des enuirons, pourront aller à l'eau
du puits du petit Navarre, ſans empeſchement, ſi mieux n'ayment
les grand Maiſtre, Prouiſeur, Principaux & Bourſiers dudit College
de Navarre, donner vn autre puits au public, au lieu qui ſera trouué plus commode auſdites rues; lequel ſera fait & parfait, à leurs

D ij

frais & defpens , auant que de pouuoir fermer lefdites rues Clopin , & du bon puits , le tout felon & ainfi qu'il eft porté par le fufdit aduis des Treforiers de France. Sı donnons en mandement à
nos amez & feaux Confeillers les gens tenans noftre Cour de
Parlement, Prefident, & Treforiers generaux de France , au Bureau de nos Finances, eftably à Paris , & autres Iufticiers & Of-
ficiers qu'il appartiendra , que ces prefentes ils ayent à faire publier & enregiftrer, & le contenu en icelles garder,, obferuer, &
faire executer felon leur forme & teneur : ceffant & faifant ceffer
tous troubles & empefchemens au contraire : Car tel eft noftre
plaifir. Et afin que ce foit chofe ferme & ftable à toufiours,
nous auons fait mettre noftre Seel à cefdites prefentes ; fauf en
autres chofes noftre droict, & l'autruy en toutes. Donne' à Saint
Germain en Laye au mois d'Auril 1639. Et de noftre Regne le xxıx.
Signées, L O V I S. Et fur le reply : Par le Roy, D E Lomenie.
Et feellées fur lacs de foye du grand Seau de cire verte.

Lettres Patentes addreffées au Parlement , pour la verification des
des deux autres.

Verifiées en Parlement le 14. Decembre 1639.

L O V I S par la grace de Dieu, Roy de France, & de Navarre; A nos amez & feaux Confeillers les gens tenans no-
tre Parlement , S A L V T. Par nos Lettres Patentes en forme de
Chartres , du mois de Mars 1638. & pour les raifons & grandes confiderations à plain mentionnées en icelles; Nous aurions vny, annexé & incorporé les Colleges de Boncour & Tournay, auec leurs
reuenus, appartenances & dépendances à noftre College de Navarre, fondé en noftre bonne Ville de Paris, pour y eftre eftablie
vne Communauté de Docteurs en Theologie, à l'imitation de celle
de Sorbonne , comme plus au long eft contenu aufdites Lettres,
addreffées à noftre tres-cher & feal le Sieur S E G V I E R , Chevalier , Chancelier de France , qui auroit icelle fait publier au
Seau le xıx. dudit mois de Mars : Et comme pour plus grande commodité de cette vnion & eftabliffement, il auoit efté jugé à propos d'enfermer & enclore dans lefdits Colleges vne petite ruë qui
les fepare, appellée la ruë Clopin, contenant enuiron 64. toifes
de longueur , fur huit pieds de largeur par vn bout, & 16. à l'autre:

Nous, de l'aduis de nos amez & feaux Conseillers les Tresoriers de
France, par autres nos Lettres Patentes du mois d'Auril dern. aurions accordé, octroyé & permis au grand Mc Prouiseur, Principaux
& Boursiers de nostredit College de Navarre, de faire fermer & clore ladite ruë Clopin; laquelle entant que besoin est, ou seroit, nous
aurions vnie & annexée audit College de Navarre, sans qu'à l'aduenir elle en puisse estre separée pour quelque cause & occasion que
ce soit, le tout aux clauses & conditions contenuës esdites Lettres
dud. mois d'Auril, à vous adressâtes, & à la verification & enregistremét desquelles vous pourriez faire dificulté de proceder, n'ayant eu
connoissance des precedentes, d'vnion desd. Colleges de Boncour,
& Tournay, audit College de Navarre, pour ne vous auoir esté adressées, esquelles Lettres les fondations desd. Colleges de Boncour,
& Tournay sont entierement entretenues, le nombre des Boursiers
conserué, auec augmétation de moitié de leur bourses & logement,
& la nomination desdites bourses demeurant aux Patrons comme
auparauant : & au lieu des deux Principaux qui sont à present esdits Colleges, dont la qualité demeure esteinte & supprimée, sont
fondées deux bourses pour deux Escholiers estudians en Theologie, ausquels aussi outre le logement, sera baillé à chacun cent liures par an, à la nomination de ceux qui nommoient ausdites Principautez, pour auoir ladite fondation lieu apres la mort desdits Principaux, au regard desquels nous auons taxé leurs pensions par chacun an, leur vie durant, payable de quartier en quartier, & par
aduance : sçauoir, à celuy de Boncour 700. l. & à celuy de Tournay la
somme de 300. l. aussi auec les logemés qui leur sont assignez & baillez gratuitement, & sans pouuoir prendre qualité de Principaux desdits Colleges, comme le tout est plus amplement porté par nosdites
Lettres du mois de Mars 1638. & Auril dernier, que nous voulons
estre mises à deuë & entiere execution. Si vous mandons & commettons, & neantmoins enioignons tres-expressément par ces presentes, que nosd. Lettres Patentes dudit mois de Mars 1638. attachées
sous le contresel des presentes, & celles dudit mois d'Auril 1639. à
vous adressantes; vous ayez à faire publier au plustost & enregistrer, & le contenu en icelles, garder, obseruer, & faire executer,
selon leur forme & teneur, cessant & faisant cesser tous troubles
& empeschemens generalement quelconques au contraire : Quoy
que lesdites Lettres du mois de Mars, ne vous ayent esté adressées,
& lesquelles nous vous addressons par ces presentes. C A R tel est

D iiij

noſtre plaiſir, DONNE' à Peronne le XIIII. iour de Iuillet 1639. Et de noſtre regne le XXX. Signé, LOVIS : Et plus bas, Par le Roy, DE LOMENIE. Regiſtrées : Ouy le Procureur General du Roy, pour eſtre executées ſelon leur forme & teneur : aux charges contenuës en l'Arreſt de ce iour. A Paris, en Parlement le 14. Decembre 1639. Signé, DV TILLET. Leſdites Lettres ſeellées du grand Seau, aux Armes du Roy, en cire jaune.

Arreſt de la Chambre des Vacations, pour la penſion de Maiſtre Iean Alexandre.

Extraict des Regiſtres de Parlement, du 19. Octobre 1639.

ENtre François Bonnefoy Bourgeois de Paris, creancier de Maiſtre Iean Alexandre, Principal du College de Tournay, fondé en l'Vniuerſité de Paris, demandeur en Requeſte par luy preſentée à la Cour le 16. Septembre 1639. aux fins qu'il fut ordonné, que ſur l'appel de la Sentence du Preuoſt de Paris, du 25. Iuin 1639. les parties auroient Audiance au premier iour ; & cependant que le demandeur ſera payé par prouiſion de la ſomme de quatre cens cinquante liures ſur la penſion deüe audit Alexandre par le defendeur cy-apres nommé, & en faiſant par ledit defendeur ledit payement, qu'il en demeurera bien & valablement quitte & deſchargé enuers ledit Alexandre, & ledit Alexandre vers ledit demandeur, d'vne part. Et Mᵉ Nicolas Cornet grand Maiſtre du College de Navarre, defendeur, d'autre ; ſans que les qualitez puiſſent prejudicier. Apres que le Maiſtre, Advocat pour ledit demādeur a eſté ouy ſur la Requeſte, à ce que la penſion de trois cens liures ſoit payée, & Bechefert Subſtitut du Procureur general du Roy ouy, dit, que la deciſion de l'affaire dépend de la lecture de l'Arreſt du Conſeil, ſuiuant lequel la penſion doit eſtre payée. La Chambre des Vacations ordonne, que les parties viendront plaider ſur ledit appel, au lendemain de Saint Martin : Cependant ayant eſgard à la Requeſte, ordonne que la penſion de trois cens liures ſera payée de quartier en quartier par aduance, laquelle ſera continuée à l'aduenir : ce faiſant le defendeur deſchargé, & retiendra ledit defendeur ſes frais de ſaiſie & arreſts, leſquels la Chambre a liquidez à quatre liures pariſis. Fait en Vacations le XIX. d'Octobre 1639. Signé, RADIGVES.

ARREST DE VERIFICATION DES LETTRES
Patentes.

Extraict des Regiſtres de Parlement.

Du 14. Decembre 1639.

VEv par la Cour les Lettres Patentes données à Saint Germain en Laye au mois de Mars 1638. Signées, LOVIS: & ſur
le reply , Par le Roy, DE LOMENIE: & ſeellées ſur lacs de ſoye
du grand Seau de cire verte: Par leſquelles & pour les cauſes y contenuës, ledit Seigneur annexe, vnit & incorpore perpetuellement
& inſeparablement les Colleges de Boncour & Tournay auec leurs
reuenus, appartenances & dépendances, au College de Navarre,
pour y eſtre eſtably vne Communauté de Docteurs de Theologie,
à l'imitation de celle de Sorbonne, Voulant que Me Iean Alexandre
& Philippes Galland Principaux des Colleges de Boncour,& Tournay & Bourſiers fondez en iceux, ſoient pendant leur vie logez gratuitement,& payez : ſçauoir , leſd. Bourſiers de double diſtribution
de ce qui leur eſt ordonné par les fondations; Et leſdits Galland,
& Alexandre de quartier en quartier des ſommes qui leur ſeront or-
dõnées ,ſans qu'ils puiſſent prendre qualitez de Principaux deſdits
Colleges, les Titres en demeurans eſteins & ſupprimez, & les penſions deſdits Galland & Alexandre reunies aud. College de Navarre, apres leur mort, à la reſerue de la ſomme de deux cent liures qui
demeurera affectée à la nourriture & entretenement de deux Eſco-
liers de Theologie qui demeureront audit College, demeurant au
ſurplus tous les Bourſiers à la nomination des Patrons, ainſi qu'ils
eſtoient auant la reunion, & toutes les fondations entretenües, ſuiuant & ainſi qu'il eſt plus amplement porté par leſdites Lettres.
Autres Lettres Patentes données à Saint Germain en Laye, au
mois d'Avril 1639. Signées, LOVIS: Et ſur le reply , par le Roy,
DE LOMENIE. Et ſeellées ſur lacs de ſoye , du grand Seau de
cire verte: Par leſquelles ledit Seigneur permet au grand Maiſtre,
Prouiſeur , Principaux & Bourſiers dudit College de Navarre, de
faire fermer & clore la ruë Clopin , en la longueur de 64. toiſes:
Comme auſſi de clore la ruë du bon puits à l'extremité des maiſons
du College du grand & petit Navarre, ſelon & ainſi qu'il eſt deſ-

gné par le plan du Maiftre des œuures de Maffonnerie: & à cette fin
vnit & annexe audit College de Navarre ladite ruë Clopin, à la
charge d'indemnifer par lefdits grand Maiftres, Prouifeur, & Bourfiers, felon leurs offres, les Sieurs hauts Iufticiers, qui ont droiĉt de
juftice & cenfiue efdites ruë Clopin, & du bon Puits : Enfemble
les particuliers defquels il fera befoin d'acheter les maifons, qui
pourront y auoir intereft ; le tout fuiuant l'aduis des Treforiers de
France, & ainfi qu'il eft plus amplement porté par lefdites Lettres.
le Procez verbal de defcente faite fur lieux par lefdits Treforiers de
France, leur rapport & aduis attachez fous le contrefeel. Autres Lettres Patentes du 14. Iuillet dernier, par lefquelles eft mandé à la
Cour, de proceder à l'enregiftrement defdites Lettres du mois de
Mars 1638. & Avril 1639. Requefte par lefdits grand Maiftre, Prouifeur, Principaux, Bourfiers & Chappelains dudit College de
Navarre, à la Cour prefentée le 5. Aouft audit an, afin de verification defdites Lettres : Conclufions du Procureur General du Roy:
Et tout confideré. Ladite Cour a ordonné, & ordonne, que lefdites
Lettres feront regiftrées au Greffe d'icelle, pour eftre executées
felon leur forme & teneur : Et neantmoins ne pourront faire fermer & clore la ruë Clopin, qu'au prealable ils n'ayent rembour-
fé actuellement les oppofans des dommages & interefts par eux
pretendus, pour lefquels les parties contefteront pardeuant Maître Dreux Hennequin Confeiller du Roy en icelle, qu'elle a
pour ce commis. Fait en Parlement le xiiii. Decembre 1639.
Signé, Gvyet.

AVTRE ARREST CONTRE ALEXANDRE, oppofant à la Verificátion.

Extraiĉt des Regiftres de Parlement,

Du 14. Mars 1640.

VEv par la Cour le deffaut obtenu en icelle, par les grand
Maiftre, Prouifeur, Principaux & Bourfiers du College Royal
de Champagne, dit Navarre, demandeurs en execution d'Arreft de
ladite Cour du 14. Decembre 1639. fuiuant la Requefte par eux
prefentée le 22. defdits mois & an, contre Me Iean Alexandre defendeur. La demande fur le profit dudit defaut, fignification d'iceluy

luy au Procureur du defendeur , & ce que les demandeurs ont
produit; Tout confideré. Dit a efté, que ledit defaut a efté bien
& deuëment obtenu, & pour le profit d'iceluy, ladite Cour., fans
auoir efgard à l'oppofition dudit defendeur, de laquelle l'a débout-
té: Ordonne qu'il fera pafsé outre à l'execution des Lettres Patentes du Roy du 14. Iuillet 1639. & Arreft du 14. Decembre dernier : & condamne ledit defendeur és defpens de l'inftance dudit
defaut, & de ce qui s'en eft enfuiuy. Prononcé le 12. May 1640. Signé, G VYET.

AVTRE ARREST CONTRE ALEXANDRE
& autres oppofants.

Extraict des Regiftres de Parlement.

Du 7. Septembre 1640.

ENtre les grand Maiftre, Prouifeur, Principaux, & Bourfiers
du College Royal de Nauarre , demandeurs en execution
d'Arreft du 14. iour de Decembre 1639. & à l'enterinement d'vne
Requefte du 22. dudit mois, d'vne part. Et les Abbé, Religieux,
Prieur & Conuent de Sainte Geneviefve du Mont en cette Ville
de Paris, tant en leur nom que prenans fait & caufe pour Maiftre
Pierre Cadot , Advocat, & Greffier de ladite Abbaye de Sainte
Geneviefve-, leur locataire d'vne maifon fize au coin de la ruë Clopin ; ledit Cadot , Pierre Lucas , dit S. Denis, Exempt du Lieutenant Criminel de Robbe courte au Chaftelet de Paris, Guillaume
Cifterne garde des plaifirs du Roy., en la garenne du Louure, Mathurin Auglard, Sergent, garde & garennier du bois de Vincienne,
Anthoine Aurias, Guillaume Eftienne , Matthieu Gaudin au nom
& côme foy difant auoir charge de Nicole Maguerre fa mere, Guy
le Coudois , à caufe de Catherine Gaudin fa femme, & Marie Gaudin , Robert Mallet, Bougeois de Paris, Pierre Beaufour Maiftre
Sauetier, & Marie Guyard veufve de feu Iean du Tertre ; Mar-
chand de Vins, & auffi Bourgeois de Paris: Les Doyen, Chanoines,
& Chapitre de l'Eglife de Paris, Martine Guerin , veufve de feu
Maurice Gouffelin, viuant Marchand de Vins, Bourgeois de Paris,
Iacques Villery, & Iacques du Frefnay , à caufe de leur femmes,
Maiftre Nicolas Laffilé, Preftre ,Chanoine en l'Eglife S. Honoré,

de Paris, Maiſtre Eſtienne Cuiſſot, Huiſſier ordinaire du Roy en
ſes Chambres des Comptes, & Treſor à Paris, Claude Dupuis, veufve de deffunt Charles Brochard, tant en ſon nom, que comme tu-
trice de ſes enfans, Maiſtre Iean Alexandre, Preſtre, Maiſtre és-
Arts en l'Vniuerſité de Paris, & Principal au College de Tournay;
tous oppoſans : Et encore les Religieux, Prieur, & Conuent
de l'Abbaye Royale de Saint Victor, les Paris : les Gouuerneurs
des pauures enfermez de cette Ville de Paris : & les Preuoſt des
Marchands, & Eſcheuins de cette Ville de Paris, interuenans, d'autre part. Veu par la Cour ledit Arreſt du 14. iour de Decemb. 1639.
par lequel il eſt ordonné que les Lettres patentes des mois de
Mars 1638. d'Avril, & Iuillet audit an, pour l'vnion des Colleges
de Boncour & Tournay audit College de Navarre, & pour la
permiſſion de faire fermer & clore dans iceux la ruë Clopin, en
la longueur de 64. toiſes; comme auſſi de clore la ruë du bon puits,
à l'extremité des maiſons du College du grand & petit Navarre,
& à cette fin, vnit, & annexe Sa Maieſté, audit College de Navarre, ladite ruë Clopin, à la charge d'indemniſer par leſdits grand
Maiſtre, Prouiſeur, Principaux, & Bourſiers, ſelon leurs offres,
les Sieurs hauts Iuſticiers, qui ont droict de Iuſtice & Cenſiue
eſdites ruës Clopin, & du bon puits : Enſemble les particuliers
deſquels il ſeroit beſoin d'acheter les maiſons qui pourront y auoir
intereſt, ſuiuant l'aduis des Treſoriers de France; & ſeront regiſtrées
au Greffe de ladite Cour, pour eſtre executées ſelon leur forme &
teneur : Et neantmoins que leſdits du College ne pouurront faire
fermer & clore lad. ruë Clopin, qu'au prealable ils n'ayent rembourſé actuellement les oppoſans des dommages & intereſts par eux pretendus, pour leſquels les parties conteſteront pardeuant le Conſeiller en icelle pour ce commis. Ladite Requeſte dudit iour 22.
dudit mois, tendante à ce que leſdits oppoſans fuſſent aſſignez pardeuant ledit Conſeiller, pour conteſter ſur leuſdits dommages &
intereſts, ſuiuant ledit Arreſt; ſinon à faute de ce faire par eux,
qu'ils ſeront deboutez de leur oppoſitions, auec deſpens, & permis auſdits de Navarre de faire clore, & fermer ladite ruë. Procez
verbal du 29. dudit mois de Decembre, & autres iours ſuiuans,
contenant les comparutions deſdites parties, & les dires & requiſi-
tions d'aucuns d'icelles, & pour eſtre chacun deſdommagé du preiudice qu'ils pourroient receuoir à cauſe de ladite cloſture & fer-
meture de ladite ruë Clopin, & de celle du bon puits : Sçauoir, leſ-

dits de Sainte Geneviefve, Doyen, & Chapitre de Paris, comme Seigneurs haut Iusticiers des lieux : Et encore iceux de Sainte Geneviefve, comme proprietaires de ladite maison size au coin
d'enhaut de ladite ruë Clopin, dans la ruë Bordelle, où demeure
ledit Cadot leur Greffier ; lesdites Martine Guerin, Iacques Villery, & Charles du Fresnay, à cause de leurs femmes, pour le prix &
valeur d'vne maison à eux appartenant, size dans ladite ruë Clopin,
enclauée dans ledit College de Boncour : Et encore ladite Guerin pour la iouïssance & vsufruit sa vie durant, d'vne autre maison
dont la proprieté appartient audit College de Boncour. Et lesdits
Laffilé, Cuissot, Dupuis, Pierre Lucas, Mathurin Auglard, &
les autres opposans, comme proprietaires des maisons sizes dans les
ruës d'Arras, ruë du bon puits, ruë Trauersine, & autres ruës
circonuoisines & adiacentes, pour le preiudice que tous en general, & chacun d'eux en particulier en peuuent receuoir. Repliques desdits de Navarre, & contestations desdites parties, sur quoy
le Conseiller auroit ordonné que ledit Arrest de verification, sondit procez verbal, & ce que bon sembleroit ausdites parties, seroit
mis pardeuant luy, pour en estre fait rapport à la Cour, & par elle
estre ordonné ce que de raison. Les escritures & productions desdits de Navarre, Sainte Geneviefve, & Cadot : Doyen & Chapitre de l'Eglise de Paris, Martine Guerin, Villery, & du Fresnay, Cuissot, Iean Alexandre, Robert Mallet, Pierre Lucas,
Mathurin Auglart : & tous les autres opposans, à l'exception dudit Laffilé, de ladite Dupuis, qui ont esté forclos. Requeste de
ladite Guerin, & desdits Villery, & du Fresnay, du quatriesme
iour de Iuillet dernier, par laquelle ils declarent pour se liberer de
procez, qu'ils sont prests & acceptent de vendre & delaisser ladite
maison & lieux enclauez dans ledit College de Boncour, pour la
somme de 8500. liures, qu'elle a esté estimée par le procez verbal
de descente des Tresoriers de France, & du rapport du Maistre
des œuures de massonnerie, datté du 17. Iuillet 1638. sans preiudice de leurs dommages, & interests, pour lesquels ils sont prests
de conuenir d'Experts, offrans en leur payant ladite somme, & les
aduertissant trois mois auparauant qu'ils voudront faire trauailler
à ladite closture, de laisser icelle maison libre & vague : & sans
preiudice aussi à ladite veufue pour l'vsufruit de la maison, dont
elle iouyt à present, de ses dommages & interests ; Sur quoy auroit esté donné acte aux supplians : & ordonné ladite Requeste

E ij

eftre communiquée, & mife au fac. Les Requefte d'interuention
& conclufions defdits de S. Victor, & Gouuerneurs des pauures
enfermez, tendant à ce qu'il fut ordonné, que les paffages de l'eau
de la fontaine de Rongis par lefdites rues Bordelle, ruë Clopin,
& rue d'Arras, où en font appofez les canaux & tuyaux, par où
iournellement affluent lefd.eaux en leurs maifons, leur feront maintenus & conferuez en leur entier, pour fi befoin eft y voir & trauailler, felon & ainfi qu'il eft ordinaire & accouftumé és occafions,
auec defpens, dommages, & interefts. Refponfes & defenfes defdits de Navarre; Appointement en droict, & ioint au principal:
Efcritures & productions des parties. La Requefte & moyens defdits Preuoft des Marchands, & Efcheuins, tendante à ce que lefdits de Navarre foient condamnez, en s'accommodant defdites rues
Clopin, & ruë du bon puits, de fatisfaire lefdits Religieux de S.
Victor, & autres qu'il appartiendra de leurfdites demandes & conclufions. Refponfes & appointement en droict, & ioint auffi audit principal, portant acte aufdites parties; de ce que pour efcritures & productions ils ont refpectiuement employé ce qui auroit
efté déjà efcrit & produit en ladite inftance principale, auec ladite
Requefte d'interuention: Conclufions du Procureur General; Et
tout confideré. Dit a efté; La Cour, fans auoir efgard aux oppo-
fitions defdits Lucas, Cifterne, Auglard, Aurias, Guillaume
Eftienne, Matthieu Gaudin, efdits noms, Guy le Coudois, & Catherine Gaudin fa femme, Marie Gaudin, Robert Mallet, Pierre
du Gué, Pierre Beaufour, Marie Guyart, Nicolas Laffilé, Eftienne Cuiffot, Claude du-puits veufue, & Iean Alexandre Preftre: &
à l'interuention defdits Preuoft des Marchands & Efcheuins de
cette Ville de Paris: A ordonné & ordonne, que ledit Arreft du
14. iour de Decemb. 1639. fera executé; Et en ce faifant, ladite ruë
Clopin fermée en la longueur de 64. toifes: & celle du bon puits,
à l'extremité des maifons dudit College du grand & petit Navarre,
ainfi qu'il eft défigné par le plan de Villedot, Maiftre des œuures
de maffonnerie, en datte du 17. Iuillet 1638. pour demeurer lefdites rues vnies à perpetuité audit College de Navarre, auquel font
annexez lefdits Colleges de Boncour & Tournay; apres toutesfois que lefdits de Navarre auront payé comptant à ladite Martine
Guerin veufue, & aufdits Villery, & du Frefnay fes gendres, la
fomme de 8500. liures, pour le prix de leurdite maifon, fize au dedans de ladite rue Clopin, en confequence de leur confentement

porté par ladite Requeſte dudit iour 14 Iuillet dernier ; & apres
auſſi qu'ils auront payé le droiﬅ d'admortiſſement d'icelle aux Seigneurs, en la Cenſiue deſquels elle eﬅ aſſize, & ſans qu'ils puiſſent
deſloger leſdits Villery, & du Freſnay, qu'vn quartier apres celuy dans lequel ils auront fait le payement de ladite ſomme, pour
lequel quartier iceux Villery, & Freſnay ne ſeront tenus d'aucuns loyers. Ordonne ladite Cour, que leſdits du College de Navarre donneront à ladite Martine Guerin, vne maiſon de pareille
grandeur, & valleur, que celle qu'elle occupe à preſent, proche
& au dedans de la Paroiſſe de Saint Eﬅienne, pour en ioüir par
elle par maniere d'vſufruit, & ſa vie durant, comme celle dont
elle ioüit à preſent, & où elle eﬅ demeurante, dépendante dudit
College de Boncour : Comme pareillement, qu'ils feront faire à
leur frais & deſpens, vn puits de grandeur competente, & au lieu
qui ſera trouué le plus commode, pour leſdites rües d'Arras, Traverſine, & autres, pour le ſeruice du public : Et auſſi qu'à leur
frais & deſpens, ils feront changer & leuer les tuyaux paſſant de
preſent dans ladite rüe Clopin, ſeruans à la conduite des eaux deſdits de S. Viﬅor, & pauures enfermez ; & les feront à leurſdits frais
& deſpens, refaire, & réedifier, poſer & paſſer par la rüe qui deſ-
cend deuant la principale porte dudit College de Navarre, & de
là par le commencement de ladite rüe Trauerſine, iuſques le long
de la rüe de Saint Nicolas du Chardonnet, pour du long de la rüe
S. Viﬅor, aller gagner & ioindre les tuyaux par où leſdites eauës
ſe conduiſent à preſent par la porte S. Viﬅor ; & ſans qu'ils puiſſent en aucune façon faire fermer & clore leſdites rües, qu'ils
n'ayent ſatisfait à tout ce qui eﬅ cy-deſſus. Ordonne auſſi qu'ils
laiſſeront à perpetuité auſdits Religieux, Abbé, & Conuent de
Sainte Genevieſve, & audit Cadot leur Greffier, les veuës de la
maiſon où demeure ledit Cadot, ainſi qu'elles ſont à preſent : Comme pareillement les eſgouﬅ d'icelle maiſon. Et auant faire droiﬅ
ſur les pretentions deſdits de Sainte Genevieſve, & du Chapitre de
Paris, pour raiſon des dommages & intereﬅs qu'ils pretendent,
à cauſe de leur Iuﬅice, au moyen de ladites cloﬅure : Ordonne
que les parties conteſteront plus amplement pardeuant ledit Conſeiller à ce commis, pour ce fait & rapporté, ordonner ce que de
raiſon : Et le tout ſans deſpens. Prononcé le ſeptieſme Septembre
1640. Signé, G v y e t.

Arreſt contre Maiſtre Antoine Potier, ſoy diſant Principal du Collège de Boncour.

Extraiȼt des Regiſtres de Parlement. Du 10. Ianuier 1641.

ENtre Maiſtre Nicolas Cornet, Docteur en Theologie, Grand Maiſtre du Collège Royal de Champagne, dit Navarre, demandeur en Requeſte par luy preſentée à la Cour le vingt ſixieſme Nouembre 1640. tendante à ce qu'il pluſt le receuoir oppoſant à la priſe de poſſeſſion que le defendeur a priſe depuis peu de iours du Collège de Boncour, reuny par Lettres Patentes de Sa Maieſté à celuy, dit de Navarre. La ſeconde du 28. dudit mois, à ce que ledit grand Maiſtre ſoit receu à prendre le fait & cauſe pour Nicolas Deſchamps, Nicolas de la Vigne, Adrien Chardin, & tous les autres locataires, debiteurs dudit Collège de Boncour, entre les mains deſquels Me Antoine Potier a fait ſaiſir tous les loyers pat eux deubs, & ſouſtenir que mal à propos ledit defendeur a fait faire toutes leſdites ſaiſies, & arreſts entre les mains deſdits locataires; que main-leuée en ſera faite audit demandeur, auec deſpens, dommages & intereſts, d'vne part. Et Maiſtre Antoine Potier, defendeur d'autre; ſans que les qualitez puiſſent preiudicier. Apres que de Maſſac, & Iean, Advocat & Procureur du demandeur, a demandé deffaut: & pour le profit l'appointement aduiſé au Parquet des Gens du Roy, ſigné du Procureur General, deſdits de Maſſac, & Iean, eſtre receu: Et Patin Huiſſier a rapporté de l'Ordonnance de la Cour, auoir appellé le defendeur, & Marin ſon Procureur: La Cour a donné defaut au demandeur contre le defendeur: Et adiugeant le profit d'iceluy, ordonne que l'appointement ſera receu: Et ce faiſant conformement à iceluy. Ouy, ſur ce le Procureur General; A ordonné, & ordonne, que ſur le principal les parties auront Audiance au premier iour: Et cependant, a fait & fait main-leuée aud. demandeur deſd. ſaiſies & arreſts faits entre les mains des locataires, & debiteurs dudit Collège de Boncour, à la requeſte dudit defendeur, deſpens, dommages & intereſts reſeruez en definitiue. Fait en Parlement le dixieſme Ianvier mil ſix cens quarante-vn. Signé, GVYET.

Arrest contre Maistre Iean Alexandre.

Extraict des Registres de Parlement, du 5. Fevrier 1641.

ENtre Maistre Iean Alexandre, cy-deuant Principal, & les soy-disans Boursiers du College de Tournay, fondé en l'Vniuesité de Paris, demandeurs à l'enterinement d'vne Requeste par eux presentée à la Cour le vnziesme Ianvier dernier, à ce que l'instance d'opposition faite à la requeste du defendeur, cy-apres nommé, par Exploit du quatriesme du mois de Ianvier, soit éuoquée en la Cour, auec defenses de faire poursuitte ailleurs qu'en ladite Cour, à Maistre Nicolas Cornet, & tous autres, de troubler & empescher les demandeurs en la possession & iouyssance dudit College, leur faire plaine & entiere main-leuée des saisies faites sur le reuenu dudit College : ce faisant que les locataires seront tenus de vuider leurs mains en celles dudit Alexandre, de ce qui est par eux deub, & escheu ; deueront & escherra cy-apres, à cause des chambres, maisons, & lieux qu'ils tiennent dépendans dudit College ; seront tenus d'exhiber leur baux, & quittances : & qu'en faisant lesdits payemens, ils seront & demeureront valablement quittes, & deschargez enuers & contre tous, d'vne part. Et Maistre Nicolas Cornet, grand Maistre, & les Prouiseur, Principaux & Boursiers dudit College, defendeurs, & demandeurs en main-leuée, suiuant l'Exploit du quatriesme Ianvier dernier, d'autre part : sans que les qualitez puissent nuire ny preiudicier aux parties. Apres que Iean Procureur dudit dudit College de Navarre, a demandé defaut, & pour le profit, l'appointement aduisé au Parquet des Gens du Roy, ausquels suiuant les Ordonnances de la Cour, les Advocats & Procureurs ont communiqué ; & en la presence de Maistre Iean Alexandre, n'agueres Principal dudit College de Tournay, & du Prouiseur de Navarre : Et que lecture a esté faite des Lettres Patentes du Roy, portant reunion des Colleges & Bourses de Tournay, verifiées en cette Cour, par Arrest du 4. Decembre 1639. & des Arrests donnez en consequence en ladite Cour, au profit dudit College de Navarre, les 7. Septembre 1640. & 10. Ianvier 1641. tant contre ledit Alexandre, que Potier, signé du Procureur General, & de luy estre receu ; Doussin Huissier a rapporté, de l'Ordonnance de la Cour, auoir appellé ledit Alexandre, & consorts ; &

Baignault leur Procureur. La Cour a donné defaut aufdits du College de Navarre, contre ledit Alexandre, & conforts : & pour le
profit d'iceluy a receu l'appointement; & ce faifant côformementà
iceluy; Ouy fur ce le Procureur General, du confentemêt du defendeur, a évoqué & évoque a elle l'inftance d'oppofition faite à la requefte dudit Cornet, par ledit exploit du 4. Ianvier dernier ; Or-
ne que les parties y viendront proceder, fuivant les derniers erre-
mens : Et cependant ladite Cour en confequence defd. LettresPa-
tentes, verifiées en lad. Cour, portant reunion defdits Colleges de
Boncour, & Tournay, en confequence defdits Arrefts, a fait &
fait main-leuée audit Cornet, & College de Navarre, de toutes les
faifies faites, tant à la requefte dudit Alexandre, que des foy difans
Bourfiers dudit College de Tournay, entre les mains des locataires des maifons, chambres, & lieux dépendans dudit College : Ce
faifant, que lefd. locataires de Tournay vuidrôt leurs mains en celles
dudit grand Maiftre de Navarre, de tous les deniers par eux deubs,
à caufe defdits loyers : Et à ce faire lefdits locataires contraints par
corps, comme dépofitaires de biens de Iuftice ; nonobftant toutes
faifies faites ou à faire, ou appellations quelconques : En quoy faifant ils en demeureront valablement quittes, & déchargez, tant
enuers ledit Alexandre cy-deuant Principal, que defdits foy di-
fants Bourfiers, & tous autres ; defpens, dommages & interefts
referuez en definiue. Et fera la penfion adiugée audit Alexandre,
payée par ledit Cornet : Comme auffi ce qui fe trouuera deub aux
Bourfiers dudit College, fuivant la fondation, & Arrefts des 14.
Decembre 1630. & 7. Septembre 1640. Fait en Parlement le cinquiefme Fevrier 1641. Signé, G v y e t.

Extraict des Regiftres de Parlement.

Du 19. Mars 1646.

ENtre les Bourfiers, Principal, & Communauté des Efcoliers
du College Noftre Dame d'Arras, demandeurs en Requefte du
23. Decembre dernier, d'vne part. Et Maiftre Guillaume Cliffort,
& conforts Anglois, Claude Gauchy & Iean Riotte, defendeurs
d'autre. Veu par la Cour ladite Requefte, & demande defdits d'Arras, à ce que les Arrefts des 8. Octobre 1625. 16. Iuillet, & 3. Aouft
1627. 23. Fevrier & 22. Avril 1636. & 27. Octobre dernier, fuffent
executez felon leur forme & teneur: Ce faifant, que les demandeurs
feront

feront maintenus & gardez en la poſſeſſion & joüiſſance dudit College d'Arras , fruicts, droicts, reuenus, appartenances & dépendances d'iceluy : feront tant leſdits Gauchy, & de Marines , qu'autres locataires, condamnez à vuider leurs mains & payer auſdits demandeurs les loyers ſaiſis & eſcheus, & qui eſcherront des maiſons
& lieux qu'ils occupent, dépendans dudit College ; auec defenſes
auſd. locataires de payer à autres: qu'à ce faire ils feront contraints,
comme dépoſitaires de biens de Iuſtice: Enſemble Mᵉ Pierre Man-
neſſier, à payer & vuider ſes mains des deniers receus dudit Gauchy,
en celles des demandeurs, ſans auoir eſgard à l'oppoſition formée
par leſdits Riotte & Gauchy, & toutes autres faites ou à faire : feroit paſsé outre auſdites executions encommencées, & vente des
biens ſaiſis ſur Eſtienne de Marines , Gauchy , Pierre Vuillem-
ſemis & autres ; & les deniers des biens vendus, baillez aux demandeurs, iuſqu'à la concurrence des loyers eſcheus cy-apres : Ce faiſant, tant leſdits Marines, que locataires & debiteurs, en demeureront bien & valablement deſchargez enuers & contre tous : Et
outre, feront leſdits Cliffort & conſorts condamnez à vuider inceſ-
ſamment des lieux qu'ils occupent audit College ; & en cas de refus leurs meubles mis ſur les carreaux , & permis de faire faire ouuerture par le premier des Huiſſiers de la Cour, ou autre ſur ce
requis , nonobſtant toutes oppoſitions faites ou à faire, pour leſquelles ne ſoit differé , & ſans preiudice aux demandeurs de leur
droits & actions, deſpens, dommages, & intereſts , foufferts & à
ſouffrir, & recouurer contre qui & ainſi qu'ils aduiſeront bon eſtre,
& condamnez aux deſpens. Sur laquelle Requeſte auroit eſté ordonné, que les parties parleroient ſommairement à l'vn des Conſeillers de ladite Cour : Appointement à mettre, pris par defaut:
Defenſes en ſuitte données par ledit Gauchy ; Repliques, Productions deſdits demandeurs & dudit Gauchy; Sommation de defendre & produire par ledit Cliffort & conſorts, & Riotte: Requeſte
dudit Cliffort du 4. Ianvier dernier , par laquelle il declare n'eſtre
Superieur ny dépendant de ladite Communauté des Eccleſiaſtiques
de la Miſſion d'Angleterre, ny demeurant audit College , auquel il ne pretendoit aucune choſe , demande d'eſtre renuoyé
de ladite aſſignation auec d'eſpens , en conſequence de ladite
declaration ; ladite Requeſte ſignifiée & miſe au ſac : Requeſte
deſdits demandeurs du vnzieſme iour de Ianvier dernier , à ce que
prononçant ſur ladite inſtance , defenſes fuſſent faites audit de

F

Marines, Gauchy & autres locataires dudit College, de payer &
vuider leur mains des deniers defdits loyers en autres, qu'en celles
defdits demandeurs, à peines de payer deux fois : Ladite Requefte
communiquée à partie, & mife au fac : Ouy le Rapport dudit Confeiller ; Tout confideré. Ladite Cour, auant proceder au iugement
definitif dudit procez, A ordonné, & ordonne, qu'à la diligence defdits demandeurs, les grand Maiftre & Docteurs de la Communauté du College de Navarre, & le Chancelier de l'Vniuerfité, feront
appellez à huittaine pour interuenir audit procez, y déduire leurs
interefts, & ce que bon leur femblera ; contefteront les parties
entre elles à la huitaine enfuiuant, produiront, bailleront contredits & faluations dans le temps de l'Ordonnance, pour ce fait &
rapporté, communiqué au Procureur General du Roy, eftré ordonné ce qu'il appartiendra : defpens referuez. F A I T en Parlement le xix. Mars 1646.

Extraict des Regiftres de Parlement.

Du 18. Aouft 1646.

ENtre Claude Gauchy, & François Campion, locataires du College de Tournay, demandeurs aux fins de deux Requeftes des
4. & 11. Iuillet an prefent 1646. La premiere, tendante à ce que les
procedures faites par Maiftre Iean Alexandre, fe difant Principal
dudit College de Tournay, l'vn des defendeurs cy-apres nommez,
au preiudice de l'Arreft du 19. Mars dernier, fuffent declarées nulles : Et en ce faifant, que fuiuant & conformément audit Arreft,
ledit Alexandre feroit tenu de faire appeller les grand Maiftre,
& Docteurs en Theologie de la Maifon de Navarre, & le Chancelier de l'Vniuerfité de Paris, pour interuenir en l'inftance pendante
enladite Cour, entre la Communauté des Ecclefiaftiques Anglois,
& led. Alexandre pour y déduire leurs interefts : Et cependant, que
defefes feroient faites aud. Alexãdre de faire faire aucunes cõtrain-
tes pour le payement des loyers, iufques à ce que autrement par la
Cour en euft efté ordonné. Et la deuxiefme, aux fins d'eftre receus
oppofans à l'execution de l'Arreft du 28. Iuin dern. fur laquelle oppofition les parties auroient Audiance au premier iour : Et cependãt
furcis à l'execution dudit Arreft, d'vne part. Et lefdits Alexandre
& Docteurs de Navarre, & Maiftre Iean Baptifte de Contes, Chan-

celier de l'Vniuerſité de Paris defendeur, d'autre : Et encores entre ledit grand Maiſtre, & Docteurs de Navarre, demandeurs aux
fins de deux Requeſtes des 11. Iuillet & 9. Aouſt dernier. La pre-
miere, aux fins d'eſtre receus parties interuenantes en ladite inſtance, & oppoſans à l'execution dudit Arreſt du 28. Iuin dernier : Et la
deuxieſme, aux fins qu'il pluſt à la Cour, en prononçant ſur ladite
inſtance d'interuention & d'oppoſition, ordonner qu'ils ſeroient
maintenus & gardez auec leſdits Alexandre, & les ſoy diſans Bourſiers dudit College de Tournay, circonſtances & dépendances;
auec defenſes, tant audit Alexandre, Bourſiers, que autres, de les
y troubler, ſur telle peine qu'il plaira à la Cour d'ordonner, d'vne
part. Et leſdits Alexandre, & pretendus Bourſiers de Tournay defendeurs, d'autre: ſans que les qualitez puiſſent preiudicier. Apres
que Petit-pied pour leſdits Docteurs du College de Navarre; Par-
mentier pour le Principal & Bourſiers du College de Tournay, &
de Lamet pour le Chancelier de l'Vniuerſité, ont eſté ouys; Enſemble Talon pour le Procureur General du Roy, qui a dit qu'il
eſtime les Docteurs de Navarre auoir le droict, payant l'indemni-
té à qui eſt deüe; & pour le Principal luy augmenter ſa penſion: La
Cour a receu & reçoit les parties de Petit-pied oppoſans : Et faiſant droict à leur oppoſition, ſans s'arreſter à l'interuention ; Ordonne que les Lettres obtenuës par leſdits oppoſans, & Arreſt de
verification, feront executées aux charges y contenües, & à la
charge de 600. l. de penſion par chacun an à la partie de Parmen-
tier, & de ſon logement dans ledit College de Tournay, ſans dépens. Fait en Parlement le 18. Aouſt 1646. Signé, RADIGVES.

Extraict des Regiſtres de Parlement.

Du 12. Octobre 1646.

ENtre les ſoy diſans Bourſiers, Principal & Communauté du College de Tournay, demandeurs en Requeſte par eux preſentée
à la Cour le 27. Septembre 1646. tendante à ce que Claude Gauchy, & François Campion, & autres locataires dudit College de
Tournay, ſoient condamnez vuider leurs mains en celles des demandeurs, des deniers qu'ils doiuent, à cauſe des maiſons qu'ils
occupent audit College ; & ce nonobſtant l'oppoſition du nommé Aubin Fontaine, de laquelle il ſera debouté : Et qu'en cas

que lefdits Gauchy, & Campion, & autres locataires, fiffent refus
d'ouurir les portes pour y affeoir execution, qu'ils feroient condamnez en tous les defpens, dommages & interefts des demãdeurs,
aufquels il leur fera permis de les faire ouurir par le premier Serrurier, en la prefence d'vn Huiffier, d'vne part. Et les grand Me & Docteurs en Theologie de la Communauté du College de Navarre,
proprietaires dud. College de Tournay, prenant le fait & caufe pour
lefdits Gauchy, & Campion leur locataires defendeurs, d'autre :
Et encore lefd. grand Maiftre & Docteurs en Theologie dudit College de Navarre, demandeurs en Requefte iudiciairement faite à la
Cour, à ce qu'il luy pluft en deboutant lefdits pretendus Bourfiers
& Principal dudit College de Tournay, de leur Requefte, leur
faire main-leuée pure & fimple de toutes les faifies faites tant à la
Requefte de Maiftre Iean Alexandre, foy difant Principal dudit
College de Tournay, & conforts, que autres particuliers, foy difant creanciers tant dudit Alexandre, que defdits pretendus Bourfiers : Et lefdits pretendus Bourfiers, & Principal dudit College
de Tournay, defendeurs, d'autre : fans que les qualitez puiffent
preiudicier. Apres que Petit-pied pour les demandeurs, a demandé congé, & requis le profit; Dudoüet a rapporté auoir appellé les
demandeurs, & Philippes leur Procureur. La Chambre des Vacations a donné congé contre les demandeurs, & adiugeant le profit, les a debouté de leur Requefte : & en confequence fait main-
leuée aux defendeurs des chofes faifies ; condamne les defendeurs
és defpens. Fait en Vacations le 12. Octob. 1646. Signé, RADIGVES.

ARREST DE DEBOVTE' DE LA REQVESTE
Ciuile, prefentée par Alexandre, contre les Arrefts
du 19. Mars, 18. Aouft & 12. Octobre 1646.

Extraict des Regiftres de Parlement.

Du 23. May 1647.

ENtre Maiftre Iean Alexandre, Preftre, demandeur en Lettres
en forme de Requefte Ciuile du 17. Avril 1647. contre les
Arrefts du 16. Mars, 18. Aouft, & 12. Octobre 1646. d'vne part.
Et les grand Maiftre, & Docteurs en Theologie de la Maifon

Royale de Navarre, proprietaires du College de Tournay , defend. d'autre : Et encores entre les foy difans Bourfiers dudit College, demandeurs en Requefte du 13. des prefents mois & an, aux fins d'eftre receus parties interuenantes en lad. inftance ; & lefuits grand Mᵉ & Docteurs en Theologie de la Maifon de Navarre, & led. Alexandre, defendeurs d'autres : fans que les qualitez puiffent nuire ny preiudicier aux parties. Apres que Petit-pied pour les defendeurs a demandé congé , & pour le profit debouter le demandeur de fa Requefte Ciuile , & le condamner en l'amende, & defpens : Et Cheron Huiffier a rapporté auoir appellé le demandeur , & Renard fon Procureur ; Talon pour le Procureur General a dit , que les Aduocats ont communiqué au Parquet ; & qu'ils eftoient demeurez d'accord de mettre fur la Requefte Ciuile les parties hors de Cour : La Cour a donné congé aux defendeurs, contre le demandeur, & adiugeant le profit fur les Lettres en forme de Requefte Ciuile, a mis & met les parties hors de Cour, & de procez, fans defpens. Fait en Parlement le ving-troifiefme iour de May 1647. Signé, DV TILLET.

Extraict de Regiftres de Parlement.

Du 12. May 1649.

ENtre les grand Maiftre & Communauté des Docteurs en Theologie de la Maifon de Navarre, eftablie és Colleges de Boncour & Tournay, demandeurs en Requefte par eux prefentée à la Cour le 27. Nouembre 1648. afin d'eftre receus oppofans à l'execution de l'Arreft du 24. Octobre audit an, obtenu par defaut par les defendeurs cy-apres nommez : Et faifant droict fur leur oppofition, faire iteratiue defenfes audits defendeurs, de troubler les demandeurs en la poffeffion & ioüiffance dudit College de Tournay & dépendances d'iceluy, ny de contraindre les locataires defdits Colleges de Boncour & Tournay, de payer aux defendeurs aucune chofe, fuiuant les Lettres Patentes & Arrefts interuenus contradictoirement entre les parties, auec defenfes d'y contreuenir, à peine de cinq cens liures, & de tous defpens, dommages & interefts, d'vne part. Et Maiftre Iean Alexandre Preftre, Adrien Drouard, François Bocquet, Abel Pouffin, Albert Doremieux, Charle Iouy, & Pierre de la Morliere, eux difans Bourfiers, Principal,

& Communauté du College de Noſtre Dame d'Arras, dit Tournay, defendeurs d'autre. Et encore entre ledit Alexandre & conſors,
demandeurs en Requeſte du 17. Nouembre audit an, aux fins d'eſtre
receus oppoſans à l'execution de l'Ordõnance appoſée au bas de la
ſuſdite Requeſte preſentée par leſdits grand Maiſtre, & Docteurs de
la Maiſon Navarre ledit iour; & y faiſant droict, que leſdits defend.
ſeront deboutez de leur oppoſition, auec deſpens, dommages & intereſt, d'vne part. Et leſdits grand Maiſtre, & Communauté des
Docteurs en Theologie de la Maiſon de Navarre, defendeurs,
d'autre; ſans que les qualitez puiſſent preiudicier. Apres que
Petit-pied Aduocat, & Taigier Procureur pour les demandeurs,
a demandé defaut, & requis le profit; Genſſe Huiſſier a rapporté auoir appellé ledit Alexandre, & autres defendeurs, & Vincent
leur Procureur: La Cour a donné defaut aux demandeurs, contre
les defendeurs; & adiugeant le profit, a receu & recoit les demandeurs oppoſans à l'execution de l'Arreſt & du parlé ſommairement:
Et ayant eſgard à l'oppoſition; Ordonne que les Lettres Patentes
& Arreſts de verification d'icelles, ſeront executez, fait defenſes
d'y plus contreuenir: condamne les defendeurs és deſpens. Fait
en Parlement le 12. May 1649. Signé, DV TILLET.

Extraict des Regiſtres de Parlement.
Du 7. Septembre 1649.

VEu par la Cour la Requeſte a elle preſentée le 10. Iuillet 1648.
par Iean Alexandre Preſtre, Principal du College de Nô-
tre Dame d'Arras, dit Tournay, fondé en l'Vniuerſité de Paris,
demandeur contre Maiſtre Pierre Chappelas & autres defendeurs,
à ce que le demandeur fut receu oppoſant à l'execution de l'Arreſt
du 23. May 1647. faiſant droict ſur ſon oppoſition, que l'Arreſt
d'appointé au Conſeil ſeroit executé ſelon ſa forme & teneur: ſur
laquelle Requeſte l'vn des Conſeillers de ladite Cour auroit eſté
commis pour parler ſommairement aux parties: Defenſes des defendeurs: Repliques du demandeur: Appointement à mettre: Production des parties; Ouy le Rapport du Conſeiller commis: Et tout
conſideré. Ladite Cour, ſur l'oppoſition à l'execution dudit Arreſt
du 23. May 1647. a mis & met les parties hors de Cour & de procez, & ſans deſpens. Fait en Parlement le 7. Septembre 1649.
Signé, GVYET.

Extraict des Regiſtres de Parlement.

Du 15. Mars 1650.

ENtre les grand Maiſtre & Communauté des Docteurs en Theologie de la Maiſon de Nauarre, eſtablie és Colleges de Boncour & Tournay, demandeurs en Requeſte du 9. Mars, preſent mois, d'vne part : Et Iean Alexandre Preſtre, Adrian Drouard, & conſorts, ſoy diſans Bourſiers du College de Tournay, defendeurs d'autre : ſans que les qualitez puiſſent preiudicier. Apres que Petit-pied pour les demandeurs voulant plaider, Gaſtier pour les deffendeurs a dit, qu'ayant demandé les pieces à ſes parties pour defendre, ils l'ont reuoqué ; laquelle reuocation il a fait ſignifier aux parties aduerſes ; conſent qu'ils prennent tel auantage qu'ils voudront : Petit pied en repliques a dit, que la procuration qui reuoque n'en conſtituë vn autre en ſon lieu : partant qu'ils doiuent defendre. La Cour, ſans auoir eſgard à la reuocation, ordonne, que le Procureur demeurera, n'y ayant nouuelle conſtitution d'autre Procureur, & viendra defendre à Ieudy, ſept heures du matin, à peine de l'Exploit qui ſera iugé ſur le champ. Fait en Parlement le quinzieſme iour de Mars mil ſix cens cinquante. Signé, DV TILLET.

Extraict des Regiſtres de Parlement.

Du 17. Mars 1650.

ENtre les grand Maiſtre, & Communauté des Docteurs en Theologie de la Maiſon de Navarre, eſtablie és Colleges de Boncour, & Tournay, en l'Vniuerſité de Paris, demandeurs aux fins de la Requeſte du 9. Mars 1650. tendante à ce qu'ils fuſſent reçeus oppoſans à l'execution des Arreſts des 9. Decembre 1649. & trois Fevrier dernier, obtenus par Maiſtre Iean Alexandre, tant ſous ſon nom, que ſous le nom d'Adrien Droüart & conſorts : Et faiſant droict ſur ladite oppoſition, ordonner que les Arreſts cy-deuant interuenus, ſeront executez ; & leur faire defenſes d'y plus contreuenir, d'vne part. Et ledit Maiſtre Iean Alexandre Preſtre, Adrien Droüart, François Bocquet, Abel Pouſſin, Albert Doremieux, Charles Iouy, & Pierre de la Morliere, ſoy diſans Principal,

Bourſiers, & Communauté dudit College de Tournay., defendeurs, d'autre : Et encore leſdits grand Maiſtre, & Communauté des Docteurs, demandeurs en Requeſte iudiciairement faite, à
ce que plaine & entiere main-leuée ſoit faite des ſaiſies faites à la
Requeſte deſdits Droüart, & conſorts, en ladite qualité de Bourſiers, Principal, & Communauté dudit College, és mains des locataires, & debiteurs d'iceluy College, & autres, d'vne part : Et
ledit Alexandre, Droüart, & conſorts, defendeurs, d'autre : ſans
que les qualitez puiſſent prejudier. Apres que Petit-pied pour les
demandeurs, a demandé defaut, & pour le profit qu'il plût à la
Cour le receuoir oppoſant à l'execution de deux Arreſts, obtenus ſans y eſtre appellé; & y faiſant droiet, que les Arreſts con-
tradictoires ſeront executez, par leſquels ils ſont maintenus en la
poſſeſſion du College de Tournay; & en conſequence, luy faire
main-leuée des ſaiſies faites ſur les loyers des maiſons dépendantes
dudit College; & faire defenſes audit Alexandre de plaider ſans
conſeil; & que ſes penſions ſeront miſes és mains d'vn Huiſſier :
Et Boutry Huiſſier a rapporté, auoir appellé les defendeurs : &
Gaſtier leur Procureur. La Cour, a donné defaut aux demandeurs
contre les defendeurs ; & pour le profit, a receu & reçoit les
parties de Petit-pied oppoſans à l'execution de deux Arreſts obtenus par ledit Alexandre ; & y faiſant droiet, ordonne, que les
Arreſts precedens, obtenus par les parties de Petit-pied, ſeront
executez : & en conſequence, leur a fait main-leuée des ſaiſies.
Fait en Parlement le dix-ſeptieſme Mars mil ſix cens cinquante. Signé, DV TILLET.

Extraict des Regiſtres de Parlement.

Du 3. May 1651.

CE iour la Cour ayant deliberé ſur la Requeſte preſentée par
Maiſtre Iean Alexandre Preſtre, afin d'eſtre receu oppoſant
à l'execution de l'Arreſt du 21. d'Avril, & afin de payement d'vne
ſomme de 1800. l. pour trois années de ſa penſion, à luy deuë, par les
Prouiſeur, Principaux, Bourſiers, & Docteurs du College de Navarre; & ouys leſd. Prouiſeur & Docteurs, pour ce mandez : & apres que
leſd. Docteurs ont ſouſtenu qu'ils ne deuoient que trois ou quatre cens liures des arrerages de ladite penſion, qui eſtoient ſaiſis
à la

à la requeste de plusieurs creanciers, sous le nom desquels ledit Alexandre auoit presenté diuerses Requestes à diuers Conseillers de
ladite Cour, offroient neantmoins de consigner la somme de 600.
liures, entre les mains de qui il plairoit à la Cour ordonner; à la
charge desdites saisies, & sauf à repeter : A arresté, & ordonné,
que tant sur ladite Requeste, que celles presentées par lesd. creanciers, & autres presentées par ledit Alexandre, & lesdits Prouiseur, & Docteurs, les parties en viendront plaider au premier
iour : Cependant, sans preiudicier à leurs droicts, consigneront lesdits Docteurs, suiuant leurs offres, és mains de Maistre Hierosme
Boileau, Commis à la charge du Conseil, la somme de 600. liures,
dans ce iour, à la charge desdites saisies, pour estre par luy ladite
somme deliurée, à qui, & quand par ladite Cour sera ordonné :
& a esté ladite somme consignée conformément audit Arrest. Fait
en Parlement le 3. May 1651. Collationné.

Extraict des Registres de Parlement.
Du 19. Mars 1652.

VEu par la Cour le procez verbal du Conseiller commis, du
25. Septembre 1651. fait en execution des Arrests d'icelle
des 28. Fevrier, 13. May & 20. Aoust 1650. donnez entre Nicolas
Vidal, Bourgeois de Paris, creancier de Maistre Iean Alexandre,
Principal du College de Nostre-Dame d'Arras, dit Tournay, d'vne
part. Et Maistre Iacques Pereyret, grand Maistre, & les Docteurs
du College de Navarre, contenant leurs contestations, sur l'estat
presenté par la Communauté des Docteurs en Theologie de la
Maison de Navarre, & quittances y attachées, pour faire droict;
sur lesquelles ledit Conseiller a ordonné, qu'il en seroit par luy re-
feré à la Cour, & par elle ordonné ce que de raison. Requeste
dudit Vidal du 13. Octobre 1651. à ce que sans auoir esgard audit
estat presenté, lesdits Arrests fussent executez : Ce faisant, lesdits
Pereyret & consorts, condamnez luy payer la somme de 1800. liu.
y contenuë; & à ce faire, François Dammonuille, Mathurin Han-
try, & autres locataires des Colleges de Navarre, Boncour, &
Tournay, soient contraints par toutes voyes deües & raisonna-
bles, mesme par corps, comme dépositaires de biens de Iustice :
quoy faisant, deschargez, sauf à imputer par eux lesquittances qui
se trouueront valables, sur les arrerages de la pension, eschcus de-

puis le mois de Mars 1638 communiquée de l'Ordonnance de ladite
Cour ausd. Pereyret, & consorts. Autre Requeste des Prouiseur,
Principaux, Chappellains, Boursiers du College de Navarre, à
ce que main-leuée leur fut faite, tant de la saisie réelle, que toutes
autres saisies & arrests, faits entre les mains des locataires & debiteurs dudit College de Nauarre : Ce faisant qu'ils vuideront leurs
mains en celles des Supplians, des sommes par eux deuës, dont ils
demeureront valablement deschargez ; nonobstant toutes autres
saisies, oppositions ou appellations quelconques, auec defenses audit Vidal, & autres pretendus creanciers dudit Alexandre, de faire aucune poursuitte contre lesdits locataires & debiteurs, apres les
offres qu'ils font de consigner presentement aux perils & fortunes
desdits Docteurs de Navarre, & sans preiudice de l'instance de
sommation contr'eux intentée, la somme de douze cens liures, sans
preiudice à eux des sommes de deniers, par ledit Alexandre, &
Vidal, exigées par force & violence des locataires & debiteurs dudit College, & de leur despens, dommages & interests, communiquée de l'Ordonnance de la Cour, audit Vidal : Et tout consi-
deré. Ladite Cour, a ordonné, & ordonne, que lesdits Arrests
des 28. Fevrier, 13. May & 20. Aoust seront executez, & suiuant
iceux, que lesdits Pereyret, & Docteurs de Navarre, dans huitaine, pour toutes prefixions & delais, baillerōt vn estat ou sommaire
contenant toutes les sommes par eux deuës audit Alexandre, à cause de la pension de 600. liures par chacun an, dont est question, à
compter depuis la creation d'icelle, iusqu'à ce iour, & de ce qui
se trouuera auoir esté par eux valablement payé, sauf à ordonner à
quels frais, duquel ledit Alexandre aura communication ; & pour
cet effet, appellé à la diligence desdits Pereyret, & Docteurs de
Navarre. Et cependant, ayant esgard à la Requeste desdits Prouiseur, Principaux, Chappellains, & Boursiers du College de Navarre, leur a fait, & fait main-leuée, à leur caution iuratoire, des
saisies faites entre les mains des locataires, & debiteurs dudit College, à la Requeste desdits Vidal, & Alexandre ; en consignant
prealablement par eux és mains de Maistre Hierosme Boileau, commis à la charge du Conseil, la somme de 1200. liures, laquelle auec
la somme de 600. liures, par eux cy deuant consignée és mains dudit Boileau, sera baillée & deliurée audit Vidal, en deduction de ce
qui luy est deub par ledit Alexandre, lequel en ce faisant en demeurera d'autant quitte & deschargé enuers ledit Vidal, & lesdits du

51

College , enuers ledit Alexandre ; & à ce faire ledit Boileau
contraint; & ce faifant defchargé, & en confequence, ordonne,
que les locataires, & debiteurs vuideront leurs mains en celle defdits Prouifeur, Principaux, Chappellains, & Bourfiers dudit College de Nauarre,de ce qu'ils doiuent, à quoy ils feront contraits par
toutes voyes: defpens referuez. Fait en Parlement ce 19. Mars
1652. Collationné.

Extraict des Regiftres de Parlement.

Du 15. May 1653.

VEu par la Cour la Requefte prefentée par la Communauté
des Docteurs en Theologie de la Maifon de Nauarre, eftablie
és Colleges de Boncour, & Tournay , contenant qu'en l'année
1638. ladite Communauté ayant efté eftablie dans lefdits Colleges,
en execution des Lettres verifiées en ladite Cour, il auroit efté accordé par icelle vne penfion à Maiftre Iean Alexandre, qui fe pretendoit Principal dudit College de Tournay : Et bien que ladite
penfion luy fut deflors payée, & par aduance, il auroit toufiours
troublé les fupplians par diuerfes faifies és mains des locataires defdits Colleges de Boncour, & Tournay , & du College de Nauarre; ce qui auroit donné moyen aufdits locataires de vuider les lieux,
de partie defquels ledit Alexandre fe feroit emparé, & auroit fait
abbattre vn grand corps de logis, & commis plufieurs violences,
dont il auroit efté informé , ce qui n'auroit empefché les fupplians
de luy payer fa penfion, qui auroient efté obligez d'emprunter vne
fomme de deux mil quatre cens liures, pour y fatisfaire , laquelle
luy auroit efté payée en deux années , outre laquelle penfion, &
autres charges, lefdits fupplians font obligez d'employer vne fomme notable pour les reparations dudit College de Tournay ; dont
tous les baftimens menacent ruyne. A ces caufes, requeroient lefdits fupplians, qu'il leur fut permis d'emprunter la fomme de neuf
mil liures de principal, en conftitution de rente, fuiuant l'Ordonnance, tant pour payer la fomme de deux mil quatre cens l. par eux
deuë, pour les arrerages de ladite penfion, qu'ils ont cy-deuant
payée : & le furplus, pour employer aux reparations defdits Colleges de Boncour , & Tournay , au payement de laquelle rente,
tant en principal qu'arrerages d'icelle, lefdits Colleges,& tous les

baſtimens en dépendans, feroient fpecialement, & par priuilege affeétez & hypotequez. Veu auſſi leſdites Lettres, Arreſts, &
autres pieces attachées à ladite Requeſte. Concluſions du Procureur General du Roy: Tout conſideré. Ladite Cour, auant faire
droiét fur ladite Requeſte, a ordonné, & ordonne, que les lieux
dont eſt queſtion, feront veus & viſitez par Experts nommez d'of-
fices, par ledit Procureur General: Et outre fera à la requeſte dudit Procureur General, informé de la commodité, ou incommodité que peuuent apporter les faits contenus en ladite Requeſte:
Et ce pardeuant le Conſeiller Rapporteur du preſent Arreſt, en
preſence de l'vn des Subſtituts dudit Procureur General: pour le
tout fait, & rapporté, communiqué audit Procureur General,
eſtre ordonné ce qu'il appartiendra. Fait en Parlement le 15. iour
de May 1653. Signé, DV TILLET.

Extraiét des Regiſtres de Parlement.

Du 20. Iuillet 1654.

VEu par la Cour l'Arreſt d'icelle du 15. May 1653. rendu fur
la Requeſte preſentée par la Communauté des Doéteurs en
Theologie de la Maiſon de Navarre, eſtablie és Colleges de Boncour, & Tournay ; à ce qui leur fut permis d'emprunter la fomme
de neuf mil liures de principal, en conſtitution de rente, fuiuant
l'Ordonnance, tant pour payer la fomme de deux mil quatre cens
liures, par eux deuë, pour les arrerages de la penſion pretenduë
par le nommé Alexandre, que pour employer aux reparations qu'il
conuient faire eſdits Colleges de Boncour & Tournay ; au payement de laquelle rente, tant en principal, qu'arrerages, le reuenu
deſdits Colleges, & tous les baſtimens en dépendans, feroient
fpecialement hypothequez, & affeétez ; Par lequel Arreſt auroit
eſté ordonné, qu'auant faire droiét fur ladite Requeſte, les lieux
dont eſtoit queſtion, feroient veus & viſitez par Experts, qui feroient par le Procureur General nommez d'office ; & outre informé à la Requeſte du Procureur General, de la commodité ou incommodité que peuuent apporter leſdits faits contenus en ladite
Requeſte, pardeuant l'vn des Conſeillers de ladite Cour, en prefence de l'vn des Subſtituts dudit Procureur General, pour ce fair,
& à luy communiqué, eſtre ordonné ce qu'il appartiendra, par

raifon. Procez verbal de l'vn des Confeillers de ladite Cour, à ce commis, & deputé par icelle; contenant la nomination defdits Experts, & leur Rapport : Information faite d'office à la Requefte dudit Procureur General, par ledit Confeiller, du premier Aouft 1653. fur la commodité & incommodité defdits faits : Conclufions dudit Procureur General; Tout confideré. Ladite Cour, a permis & permet aufdits Supplians, d'emprunter iufqu'a la fomme de quatre mil liures de principal, en conftitution de rente , à raifon de l'Ordonnance, pour eftre ladite fomme employée aux reparations & baftimens nouueaux qu'il conuient faire aufdits Colleges de Boncour, & Tournay, fuiuant l'aduis des Experts, contenu au Procez verbal du 16. Iuillet 1653. le marché defquels baftimens, fera publié & baillé au rabais en la maniere accouftumée : Ce faifant demeureront les reuenus defdits Colleges, & tous les baftimens en dépendans, fpecialement, & par priuilege, affectez & hypothequez au payement de ladite rente , tant en principal, qu'arrerages : & feront les Contracts de conftitution de ladite rente, paffez en prefence d'vn Subftitut dudit Procureur General. Fait en Parlement le 20. Iuillet 1654. Signé, DV TILLET.

Extraict des Regiftres de Parlement.

Du 15. Auril 1654.

ENtre Maiftre Iean Alexandre Preftre, Principal du College Noftre-Dame d'Arras, dit de Tournay, Adrien Droüart, Iean Louhinel, Albert Doremieux, Abel Pouffin, Charles Iouy, Pierre de la Morliere, François Bocquet, Iean le Roux, & autres Efcholiers de la Communauté dudit College, tous originaires de la Ville, & Diocefe d'Arras, pays d'Artois, demandeurs en Requefte par eux prefentée à la Cour le onziefme Iuillet dernier ; Et encore demandeurs, fuiuant les Repliques par eux fournies le 23. dudit mois de Iuillet, & deffendeurs, d'autre part. Et François Campion Graueur, Anglois, Maiftre Nicolas Cornet, grand Maiftre de Navarre, Pierre le Coq, Richard Smith, & Iean, & François Gaige, défendeurs , & incidemment demandeurs, par le moyen des defenfes par eux fournies le 17 dudit mois de Iuillet dernier , d'autre. Veu par la Cour, ladite Requefte dudit iour onziefme Iuillet defdits Alexandre, & conforts, à ce qu'il fut ordonné, que les Arrefts par eux obtenus le 8. Oĉtobre 1625. 16. Iuillet & 3. Aouſt 1627. 23. Fevrier & 22. Auril 1636. 27. Oĉtobre 1645. 28. Iuin 1646. 24. Oĉtobre 1648. 9. Decembre 1649. & 22. Auril 1653. feroient executez felon leur forme & teneur : Ce faiſant qu'ils feroient maintenus & gardez en la poſſeſſion & ioüiſſance dudit College de Tournay, droiĉts , profits , reuenus & émolumens , auec defenſes de les y troubler : Ce faiſant , leſdits defendeurs tenus vuider les lieux qu'ils occupent , & dont eſt queſtion , autrement leurs meubles mis ſur les carreaux , par le premier Huiſſier ou Sergent ſur ce requis : Et en cas de refus d'ouurir les portes par les locataires , il fut ordonné qu'elles feroĉt ouuertes par vn Serrurier, mefme en cas de contrauention , permis d'empriſonner les contreuenans. Sur laquelle Requeſte auroit eſté ordonné , que les parties parleroient ſommairement à l'vn des Conſeillers de ladite Cour : Leſdites defenſes dudit iour 17. Iuillet, deſdits Campion & conforts, contenant leur demande incidente , à ce que defenſes fuſſent faites audit Alexandre , de plus prendre la qualité de Principal du College de Tournay , ny mefme de plus intenter aucune aĉion fous des noms fuppoſez , ſi ce n'eſt par aduis de conſeil : Et qu'à cette fin il feroit nommé tel Aduocat , & Procureur qu'il plairoit à ladite Cour ; par l'aduis deſquels , ledit Alexandre agiroit , & feroit toutes les procedures : Les Repliques dudit Alexandre & conforts, feruans de défenſes à ladite demande incidente , & contenans auſſi leur demande incidente , à ce que les Arreſts par eux obtenus , & notamment celuy du 22. Avril dernier , feroient declarez communs auec ledit Cornet , & conforts , & auec leſdits locataires : Appointement à mettre , & produĉtions des parties. Concluſions du Procureur General du Roy : Tout conſideré. Ladite Cour a ordonné , & ordonne , que ſur ladite demande incidente contenuë aux defenſes du 17. Iuillet, les parties conteſteront plus amplement dans quinzaine, eſcriront , & produiront , bailleront contredits & faluations dans le temps de l'Ordonnance : Cependant feront les Lettres Patentes d'vnion des Colleges de Boncour, & Tournay , au College de Navarre ; Arreſt de verification d'icelles , & autres donnez en conſequence , executez felon leur forme & teneur , à la charge de payer audit Alexandre la fomme de 600. liures de penſion par chacun an, & de luy fournir logement competent, conformément à l'Arreſt du dix-huitiefme iour d'Aouſt 1646. entretenir & reparer les logis & baſtimens : Et en conſequence ſur les

demandes dudit Alexandre, a mis & met les parties hors de Cour,
& de procez, fans defpens. Fait en Parlement le 15. Avril 1654.
Collationné.

Extraict des Regiftres de Parlement,

Du 5. Aouft 1654.

ENtre Maiftre Iean Alexandre, Principal du College Noftre
Dame d'Arras, dit Tournay, Adrien Droüart, Albert Doremieux, Charles Iouy, & autres Bourfiers dudit College, originaires de la Ville & Diocefe d'Arras, pays d'Artois, demandeurs en
Requefte du 26. Mars dernier, d'vne part : Et Maiftre Nicolas
Cornet, grand Maiftre du College de Nauarre; Pierre le Coq,
Prouifeur, Denis Guyart Procureur de la Communauté des
Docteurs : les nommez Guifchard, Dauollé, & conforts : Ri-
chard Smith, Guillaume Cliffort, & autres locataires des maifons
& lieux dépendans & appartenans audit College de Tournay, defendeurs d'autre. Et entre ledit Alexandre, & conforts, demandeurs en Requefte du 5. May dernier, d'vne part : Et lefdits du
College de Navarre, defendeurs d'autre. Veu par la Cour, ladite
Requefte dudit Alexandre, & conforts du 26. Mars dernier, à ce
que les Preftres Anglois nommez, François Campion, & autres
Artifants, locataires des maifons & lieux dépendans dudit College
de Tournay, fuffent tenus fortir dudit College, & vuider d'iceluy dans huitaine ; ce faifant condamnez auec ledit Cornet, &
conforts, rendre & reftituer audit Alexandre, les clefs des grandes portes dudit College, & des Chappelles, & autres lieux d'iceluy, pour y reftablir le feruice Diuin, & la difcipline Scholaftique,
& payer les loyers qui font deubs, depuis le trouble fait audit Alexandre, & conforts fans preiudice des reparations, & reftitution
de fruits : Defenfes defd. Communauté, & Docteurs de Nauarre,
Appointement à mettre, Production defdits Alexandre, & conforts, & defdites Communauté, & Docteurs de Navarre : Sommations de defendre, & produire par lefdits Smith, Cliffort, &
autres locataires des maifons & lieux dudit College de Tournay:
Ladite Requefte dudit Alexandre, & conforts, dudit iour 5. May
dernier, à ce qu'ils fuffent receus oppofans à l'execution de l'Arreft
du 15. Avril dernier; faifant droict fur ladite oppofition, il fut or-

donné que les Arrefts des 8. Octobre 1625. 16. Iuillet, & 3. Aouft
1627. 24. Fevrier, & 22. Avril 1636. 27. Octobre 1643. 27. Octob.
1645. 28. Iuin 1646. 24. Octobre 1648. 9. Decembre 1649. & 22.
Auril 1653. feroient executez felon leur forme & teneur; ce faifant que ledit Alexandre & conforts, feroient maintenus en la poffeffion & ioüiffance dudit College de Tournay : Enioint aufdits
defendeurs de vuider d'iceluy, & en payer les loyers : autrement
permis audit Alexandre & conforts de faire mettre lefdits meubles
fur le carreau ; auec defenfes aufdits defendeurs de fe feruir des
Lettres de reunion , par eux obtenuës, verifiées en la Cour le
14. Decembre 1639. comme nulles, & reuoquées . Exceprions
des defendeurs : Appointement à mettre , & ioint : Productions
desparties : Sommation de defendre par lefdits defendeurs ; & le
Rapport du Confeiller commis fur lefdites Requeftes, pour parler fommairement aux parties : Conclufions du Procureur General du Roy : Tout confideré. Ladite Cour, a debouté & deboute
ledit Alexandre, & autres demandeurs, defdites Requeftes; fait
defenfes audit Alexandre d'intenter à l'aduenir aucune action contre les defendeurs , fans l'aduis de Maiftre Iean Marie l'Hofte,
Aduocat en ladite Cour : Condamne lefdits demandeurs és defpens, taxez à feize liures parifis. F A I T en Parlement le 5. Aouft
1654. Signé, D V T I L L E T.

Extraict des Regiftres de Parlement.
Du 7. Septembre 1657.

V Eu par la Cour la Requefte prefentée par la Communauté
des Docteurs en Theologie de la Maifon de Nauarre eftablie és Colleges de Boncour & Tournay , à ce que pour les caufes y contenuës il fuft permis aux Supplians, outre les quatre mil
liures par eux empruntez fuiuant l'Arreft du 20. Iuillet mil fix
cens cinquante quatre, & les deux mil liures empruntez encores de
de Maiftre Iean Obry Treforier de l'Eglife de Beauuais, pour la
conftruction des baftimens du College de Tournay , d'emprunter encores iufqu'à la fomme de fix mil cinq cens liures en principal, en conftitution de rente , pour payer les ouuriers qui ont trauaillé à la refection du comble dudit College, ruptures de tuilles & poultres, & vitres caffées par la cheute dudit comble : &
autres ouurages ; au payement defquelles fommes & arrerages de

rente

rente, il leur feroit auſſi permis d'hypothequer les reuenus deſdits Colleges & tous les baſtimens en dépendans: Veu auſſi ledit Arreſt, Contracts, & autres pieces attachées à ladite Requeſte ; Concluſions du Procureur General du Roy : Tout conſideré. Ladite Cour, a permis & permet auſdits Supplians, outre leſdites quatre mil liures, & deux mille liures par eux empruntez, emprunter encore iuſqu'à la ſomme de 6500. liures en principal, en conſtitution de rente, pour payer les ouuriers qui ont trauaillé à la refection du comble dudit College, rupture des tuilles, poultres & vitres caſsées, & autres ouurages: au payement deſquelles ſommes & arrerages de rente, ſeront affectez & hypothequez les reuenus & baſtimens dudit College, & ſeront les Contracts de conſtitution de rente, paſſez en préſence du Subſtitut dudit Procureur Général. Fait en Parlement le ſeptieſme Septembre mil ſix cens cinquante-ſept. Signé, GVYET.

Extraict des Regiſtres de Parlement.

Du 14. Septembre 1663.

VEV par la Cour la Requeſte preſentée le dix-ſeptieſme Aouſt dernier, par les grand Maiſtre & Communauté des Docteurs en Theologie de la Maiſon de Nauarre, eſtablie és Colleges de Boncour & Tournay, vnis audit Nauarre ; Contre Maître Iean Martini, deffendeur, à ce que les Supplians fuſſent receus appellans de l'Ordonnance & permiſſion de ſaiſie obtenue du Lieutenant Ciuil du Chaſtelet, ou Lieutenant Particulier, par ledit Martini, le quatre deſdits mois & an, & des ſaiſies & Arreſts faits en conſequence le ſeptieſme dudit mois, entre les mains de leurs locataires & debiteurs, & de tout ce qui s'en eſt enſuiuy; tenus pour bien releuez, permis faire intimer en ladite Cour ledit Martini, que ſur leſdites appellations, leſdites parties auroient Audience à tel iour qu'il plairoit à la Cour ordonner. Et cependant, ſans preiudice des droits des parties au principal, & pour euiter le deperiſſement deſdits loyers, & l'inſoluabilité des debiteurs deſdits Supplians, & par prouiſion, à leur caution iuratoire, main-leuée leur fut faite deſdites ſaiſies & arreſts : Ordonné que leurs debiteurs leur payeroient ce qu'ils doiuent, à ce faire con-

H

traints : quoy faifant, ils en demeureroient bien & valablement
defchargez. Sur laquelle Requefte auroit efté ordonné, que les
parties parleroient fommairement à Maiftre Henry de Refuge
Confeiller du Roy en ladite Cour. Appointement à mettre par
deffaut ; Production defdits demandeurs ; Sommations de defendre & produire par ledit defendeur : Ouy le rapport dudit Confeiller commis : Et tout confideré. LADITE COVR, A
receu & reçoit lefdits Suppliants appellans, tient iceux pour bien
releuez, leur permet faire intimer qui bon leur femblera: Ordonne que fur l'appel les parties auront Audience au premier iour; &
cependant, fans preiudice des droits des parties au principal, &
par prouifion, fait main-leuée des faifies faites és mains de leurs locataires & debiteurs, à leur caution iuratoire : Ordonne que lefdits locataires & debiteurs, vuideront leurs mains de ce qu'ils doiuent, à ce faire contraints, quoy faifant defchargez. Fait en
Parlement le quatorziefme Septembre mil fix cens foixante-trois.
Et ledit iour eft comparu Maiftre Louys Pigis Procureur en la
Cour, lequel en vertu du pouuoir à luy donné, a fait les fubmif-
fions, & efleu domicile en fa maifon à la montagne Sainte Geneviefve, Paroiffe Saint Eftienne du Mont. Signé, DV TILLET.